TIME TRAVELLI

时间旅行者 系列

歌剧院魅影

[葡]瑞吉娜·贡萨尔维斯 著　吴 华 译

APTTIME
时代出版

时代出版传媒股份有限公司
安徽少年儿童出版社

著作权登记号：皖登字 121414022 号

图书在版编目(CIP)数据

歌剧院魅影 /（葡）贡萨尔维斯著，吴华译．—合肥：安徽少年儿童出版社，2016.1（2019.1重印）
（时间旅行者系列）

ISBN 978-7-5397-8255-3

Ⅰ.①歌… Ⅱ.①贡… ②吴… Ⅲ.①儿童文学 – 长篇小说 – 葡萄牙 – 现代 Ⅳ.①I552.84

中国版本图书馆 CIP 数据核字（2015）第 232420 号

SHIJIAN LÜXINGZHE XILIE GEJUYUAN MEIYING

时间旅行者系列·歌剧院魅影

[葡]瑞吉娜·贡萨尔维斯　著

吴　华　译

出 版 人:张克文	策　划:丁 倩	责任编辑:丁 倩 王笑非
装帧设计:唐 悦	责任校对:王 姝	责任印制:田 航

出版发行：时代出版传媒股份有限公司　http://www.press-mart.com

安徽少年儿童出版社　E-mail:ahse1984@163.com

新浪官方微博:http://weibo.com/ahsecbs

腾讯官方微博:http://t.qq.com/anhuishaonianer（QQ:2202426653）

（安徽省合肥市翡翠路 1118 号出版传媒广场　邮政编码:230071）

市场营销部电话:(0551)63533532(办公室)　63533524(传真)

（如发现印装质量问题,影响阅读,请与本社市场营销部联系调换）

印　　制:阳谷毕升印务有限公司

开　　本:710mm × 1000mm　　1/16　　印张:8.5　　字数:111 千字

版　　次:2016 年 1 月第 1 版　　2019 年 1 月第 3 次印刷

ISBN 978-7-5397-8255-3　　　　　　　　　　定价:23.00 元

销量突破百万，已售出六国版权，人气暴涨进行**时**！
葡萄牙畅销书作家，国内知名译者、画者合作无间**间**！
穿越过去、现在、未来和多个平行空间的冒险之**旅**！
破文明密码、听伟人启示、迎生死挑战的震撼之**行**！
会逻辑推理、懂生存技巧、知科学常识的学习王**者**！

编者的话

　　太阳和地球的运动很复杂？不！爱因斯坦用一张床单、一个柠檬和一个西瓜就能解释。

　　反射原理很难理解？不！阿基米德借"死亡之光"火烧敌舰，就能轻松诠释其中奥秘。

　　书中精彩的情节完全可以成为老师趣味课堂的讲解案例，重在强调学科间联系的跨学科学习方式更值得推荐，故本书享有"欧洲具有影响力的学习型小说"的称号。分册被巴西教育部、巴西理论数学和应用数学研究所、著名私立学校等选为教材，是家长和老师都可以放心的一套课外书！

超时空旅行+爆棚的知识+烧脑的挑战

=

活百科全书

特殊时间

融合过去、现在和未来，堪比《星际穿越》。

神秘地点

埃及、希腊、巴黎、意大利、外太空……

课堂知识

涉及历史、美术、音乐、物理、数学……

课外知识

生存技能、交流技巧和逻辑推理能力……

名人对话

福尔摩斯、爱因斯坦、毕加索、阿基米德、卓别林……

角色扮演

侦探、神使、特工、飞行员……

生死挑战

破案、飞行、设计机关……

序 言
XU YAN

　　凯厄斯是个普普通通的少年，就像你一样，喜欢玩电脑、打游戏、看电视、踢足球……但他最爱的是滑板。

　　凯厄斯的爸妈总是在他的耳边唠叨着要在学校里获得更好的成绩，这让他觉得有点儿喘不过气。有一天，他正在上网，突然听到"哔"的一声，一封来源不明的电子邮件闪烁着。凯厄斯打开邮件，只见上面写着：

　　欢迎你，我的好奇小子！

　　身处险境的人正需要我们的帮助，谁能解决这个谜题，谁就将拯救他们。

　　时间之谜：

　　清晨，我是蒙童；

　　傍晚，我是猎人；

　　第二天，

　　周围的一切，

皆被我抛弃。

我是谁？

用你最快的速度解谜！

　　凯厄斯盯着那封邮件想了想，键入了他的答案，然后……"咻"的一声——他不见了！凯厄斯被吸入了时空隧道，不知不觉地接受了他的使命：到过去、现在、未来和平行空间里去，探访人类的文明宝藏，见证重大时刻的发生。

　　这就是你正在读的这套"时间旅行者系列"的由来。这是一套大人和孩子都会喜欢的幻想小说。在神秘、悬疑的故事中，将各种领域的知识——世界历史、艺术、哲学和科学等融为一体，碰撞出奇特的火花，让另一位时间旅行者收获阅读的快乐、积累知识并激发好奇心。而那位时间旅行者，就是你！

　　凯厄斯·奇普将去发现历史，亲历那些关键的转折点。经过一次次冒险，他变得越来越成熟，并且明白一个道理：要搞定各种麻烦，就必须发挥自己的才能，比如推理的力量！这已经成为他在冒险中学到的最厉害的本事，并能运用得恰到好处。

　　穿过时空隧道的大门，凯厄斯正走向他的使命。

　　冒险的下一站：《歌剧院魅影》。

目 录
MU LU

第一章　报纸一角的线索

当凯厄斯·奇普和与他一模一样的克隆人在时空隧道中飞驰的时候，他们还在互不相让地争辩着。突然，危险包围了他们，时空隧道淡蓝色的大门闪起了炽烈的白光。

在时空隧道的行进过程中，汇聚了高强度的能量，简直要把人压得炸开了。而一些奇怪的东西和失重的感觉，在凯厄斯和克隆人之间忽然竖起了一道看不见的屏障，让他们暂且停止了拌嘴。

大门口的白光越来越亮，凯厄斯惊恐地看见一个巨大的旋涡，正以他们绝对无法逃脱的力量将克隆人吸进去。他勇敢地伸手想抓住克隆人，但一切都是徒劳……那个男孩滑向了隧道的大门，他愤怒地吼着，拒绝就这样走向末路；他拼命挥动胳膊，却没什么可抓住的。他渐渐沉入了浓云之中，写满哀求的脸和挥动的手越来越模糊，最后消失得无影无踪。周遭一下子恢复了清新明朗，时空隧道留下了它唯一的旅行者，送他到他该去的地方去。这位旅行者尽管一脸震惊，但仍在时间中向前行进着。

凯厄斯在真空中飘着，直到他的脚踩到了地面。他浑身僵硬地蜷在那儿，听见马蹄踏在鹅卵石上嘚嘚作响的声音，还混合着含糊不清的嘶鸣声。乌漆墨黑的烟囱正喷着烟雾，凯厄斯扒住一根汽灯柱子，吸了几口不怎么

干净的空气,口干舌燥得说不出话来。这时,雨滴砸了下来,干裂的嘴唇一阵刺痛,他倒觉得挺高兴。

凯厄斯这时才注意到周围的景象:马车、自行车、马拉的黑乎乎的煤车混杂在一起,人们脸色苍白,穿着毫无生趣的暗色衣服,在泥泞拥挤的街道上闲逛。

凯厄斯跳起来想走,却撞倒了一个穿着短裤、戴着贝雷帽的小男孩,他抱着的报纸撒了一地。

"啊!抱歉!"凯厄斯一边说,一边弯下腰捡起那些报纸,上面的字迹差点儿被地上的积水洇坏。

"见鬼!"小男孩气呼呼地一把抓过报纸,把它们绑成一叠,皱着眉头说,"这礼拜已经搞砸两次了!我可不想丢了饭碗!"

"真是不好意思,"凯厄斯脱下衬衣,把报纸包住,"到那边的水果摊去,我来把它们整理好。"

他们淋着细雨,跑到水果摊的遮雨棚下面,在台阶上把报纸摊开,一张张地理顺。当凯厄斯打开报纸的时候,他瞥了一眼上面的头条新闻:

A08 费加罗报 FEIJIALUOBAO 　　　　1885年4月1日星期三

埃菲尔铁塔工程引发巴黎人民争议

　　由亚历山大·古斯塔夫·埃菲尔先生及其团队设计的铁塔,将在巴黎中心开建,并预计于1889年世界博览会期间正式揭幕。然而,这项工程却引发了巨大争议。尽管埃菲尔先生的设计在107位候选人提交的700多个作品中脱颖而出,但仍有很多工程师坚持认为,这座300米高的锥形铁塔会倒塌!据估算,埃菲尔铁塔的钢架将花费780万法郎,足够建造2万座中等房屋。但这一架构能否抵御住时速 250 千米的飓风和烈日照射下的膨胀，却依然成谜。另一个惹人议论的问题是，埃菲尔铁塔将建在沙地上，而且令人难以置信的是——他们打算用细钢架，在距离地面 57 米的高度搭建一个观景平台。

埃菲尔铁塔的选址乃是由巴黎市政厅和其他政府部门划拨的，埃菲尔先生将获得工程所需的持续财力支持，但他只能持有这块土地的 20 年开发权。也就是说，当这一权限到期时，这一地标性建筑将被拆除。

很多工程师认为，这一钢

筋铁骨的巨型建筑将引发灾难事故，并造成人员大量伤亡。学者和艺术家们则指责这一项目破坏了巴黎的曼妙风景。

有去无回魔鬼岛

自 1852 年成为法国刑事犯流放地时起，位于大西洋法属圭亚那北部的岩石小岛——魔鬼岛，就以其神出鬼没、环绕四周的鲨鱼闻名。由于鲨鱼封死了所有试图逃脱的可能，魔鬼岛将只接收 8 年以上徒刑的罪犯。

对于那些放弃保留条款的罪犯亲属来说，这不失为一个好消息。

凯厄斯的眼睛扫过这些"旧闻"，觉得又荒诞又好笑的时候，另一条头条消息吸引了他的注意：

A06 费加罗报 FEIJIALUOBAO　　　　1885 年 4 月 1 日星期三

"幽灵"再次推迟《卡门》①首演

被"幽灵"侵扰的巴黎歌剧院导演索拉先生称,原定于今晚首演的乔治·比才②的歌剧《卡门》再次推迟。如"幽灵"不再有异议,这部歌剧将于两周后的周四正式上演。

这篇文章的下面是一幅年轻男女的合照,上面的一行小字让凯厄斯不禁笑了起来:

小提琴艺术家夏洛克·福尔摩斯③宣布与抒情歌手克里斯汀·迪尔订婚。

凯厄斯简直不敢相信自己的运气,他急着想见到这位老朋友。福尔摩斯是唯一知道时空隧道秘密的人,没准也是凯厄斯回到"现在"的唯一希望。④他慌了起来,把那些乱七八糟的报纸抛在脑后,一把抓住那个小报童的肩膀,使劲儿晃着:"告诉我,怎么去歌剧院?"

"啥?"那男孩头上的贝雷帽都被晃掉了,他捡起帽子,一脸迷惑。

---

①歌剧《卡门》是法国作曲家乔治·比才的最后一部歌剧,完成于 1874 年秋。该剧在比才死后才获得成功。它是当今世界上上演率最高的一部歌剧。该剧主要塑造了一个相貌美丽而性格倔强的吉卜赛姑娘——烟厂女工卡门,她使军人班长唐·何塞坠入情网,并舍弃了他在农村的情人——温柔而善良的米凯拉。后来唐·何塞因为放走了与女工们打架的卡门而被捕入狱,出狱后又加入了她所在的走私贩行列。可最后卡门又爱上了斗牛士埃斯卡米罗,在人们为埃斯卡米罗斗牛胜利而欢呼时,她却死在了唐·何塞的匕首下。

②乔治·比才(1838—1875),法国作曲家,生于巴黎,1863 年写成第一部歌剧《采珍珠者》,1874 年创造了世界上上演率最高的歌剧《卡门》。

③伟大的推理大师夏洛克·福尔摩斯是苏格兰作家亚瑟·柯南·道尔爵士(1859—1930)笔下的角色。尽管福尔摩斯只是一个虚构的人物,但还是有成千上万的人相信他真实存在,有血有肉,生活在伦敦的贝克街上。柯南·道尔的"福尔摩斯系列"一共包括 56 篇短篇故事和 4 部小说。

④在本系列另一本书《时间旅行者系列·超时空碎片》中,凯厄斯穿越到 19 世纪的英国,在时间旅行的早期与福尔摩斯相遇。

"拜托，我必须找到夏洛克·福尔摩斯，只有他能让我回到我的时间！"

报童惊恐地指了指那边的一条街，等凯厄斯一松手，他撒腿就往反方向跑，还没忘了带走他的报纸。

凯厄斯一分钟都不想耽搁，他穿梭在板车和四轮马车之间，还差点儿撞倒打着雨伞的女士。他一边跑一边想着，大侦探是怎样成了小提琴艺术家，而且还订了婚……他突然意识到，时间已经变了，瞬间的恐惧让他的心狂跳起来：这是一八几几年，他的存在实在有点儿怪异——他这会儿压根儿还没出生啊！

他的思绪一片混乱，都有点儿失去控制了，直到他穿过好几个街区，在金碧辉煌的歌剧院门前停了下来。

当凯厄斯走进大门的时候，他觉得自己的白衬衫连带着里面的 T 恤似乎被谁拉住了。一个低沉的声音勒令他止步："年轻人，你最好从哪儿来，回哪儿去。"抓住他领圈的是个留着山羊胡的男人，"你知道这是哪儿吗？任何人都禁止进入，尤其是排练的时候。"

"拜托，我必须去找夏洛克·福尔摩斯，这事儿十万火急！"

"他正在和管弦乐队排练，大师是不欢迎任何打扰的。"

"别胡扯了！这事儿真的非常重要，未来在他手中，你懂吗？"

"就算是上帝派你来也没用，别想溜进去。大师要是被人打扰了排练会发脾气的，你得在外面等着。"

"等？我可等不及！"凯厄斯用力扯下衬衫，向通往主楼的长阶梯跑去。

警卫愣在那儿，手里的衬衫晃来晃去。他恼怒地吼着，叫凯厄斯停下。可凯厄斯才不听他的，一直跑进了迷宫般的回廊。地板光滑无比，闪闪发光，简直像个溜冰场。幸运的是，警卫的追逐就像一种隐形的训练机制，敦促凯厄斯暂时忘却了脚下滑溜溜的"冰块"，只身往前拼命跑。那个警卫紧跟着凯厄斯滑了过来，活像个疯狂的溜冰健将。

　　凯厄斯边跑边想着甩掉他的办法。他看见回廊两侧排列着巨大的木门，瞅准其中一个冲了进去，哐当一声关上了门。他把满是臭汗的脑袋顶在门上，呼哧呼哧地喘着气，听着门外慌乱的脚步声一点点地远去。

　　当他喘过一口气来，便开始打量四周，眼前的一切让他瞠目结舌：和灰不溜丢、愁云惨雾的时空隧道相比，这儿简直就是一个色彩缤纷的游乐场，衬得他的脸和嘴唇更显得苍白。红色的地毯覆盖在台阶上，如同海浪般起伏；红色的天鹅绒座椅包围着他，像要把他吞没；包裹着裘皮的圆形看台，由大理石柱子支撑着，一层一层地向上延伸，笼罩在黯淡的灯光之中；在最顶层，庞大的枝形吊灯的光芒映射着精致的天花板，让这里的一切都显得完美如新。然而，凯厄斯注意到，在这奇幻国度的角落里，矗立着一些苍白的希腊和罗马式雕像。看上去，它们很欢迎这位闯入者。

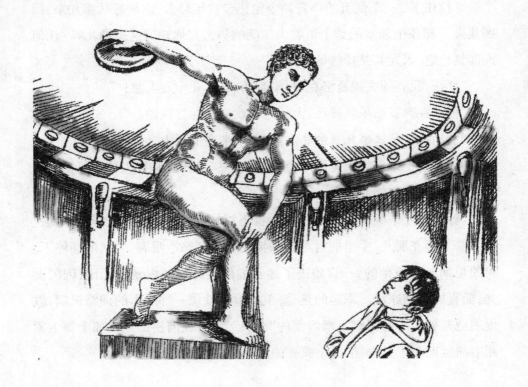

第二章　两个福尔摩斯

在装饰着金色拱边的舞台前面，正厅后排那边传来一阵音乐声，像魔法似的笼罩着凯厄斯，强有力的和弦正演奏着歌剧《卡门》中斗牛的那一段。惊讶不已的凯厄斯连忙在一把贵宾椅里蜷缩起来。

红色的帷幕懒洋洋地升起来了，像揭开了一个梦境。舞台光彩夺目，身着艳丽戏服的演员们闪耀不已。女士们头戴薄如蝉翼的蕾丝面纱，摇晃着五颜六色的扇子，营造出一座西班牙小城的景象。街边小贩带着他琳琅满目的货物上场，水果、面包、糖果……最后，一个明艳动人的美丽女子绕场一周，在舞台中央昂然而立。

"哩啦啦，哩哩，啦——"音乐声越来越大，小提琴手拉动琴弦，演奏出热情、豪迈的旋律。

凯厄斯目不转睛地盯着舞台上那笼罩在光芒中似真似幻的场景，有着拉丁血统的热情的人们正欢快地唱歌、跳舞，那音乐如同带着能量，让他的心脏狂跳不已，恨不得也一起加入这场狂欢。

合唱演员登台了，男士们穿着西服背心，戴着宽边帽；女士们穿着长长的收裙裙。他们美妙和谐的声音充满了剧场。在他们后面，一队穿着破烂衣衫的男孩上场了，他们一边唱，一边踏着步子，模仿着军队换岗的场

面。钟声响起，背景板上画着的烟草工厂打开了门，女工们一拥而出，正等着她们的男人——不管是绅士们还是士兵们，都争先恐后地向她们说出爱的誓言。犹如音乐所表达的那样，这誓言就像他们喷出的烟雾那样不牢靠。

一个个乐句和音符勾勒着这个故事，让它像真的那样，使人身临其境。男人的声音和女人的声音混合在一起，呼唤着尚未登场的女主角，向她乞求着一点爱意："卡门！卡门！"

突然，整个剧场里都安静了下来。在舞台最深处，女主角的身影一闪。她的皮肤是健康的小麦色，一双杏眼黑得深不见底；她穿着吉卜赛女郎那样的衣服，充满诱惑地走向舞台中央，用猫一样娇俏的声音唱着："喔，爱情啊……"

凯厄斯从他藏身的椅子上滑了下来，伸直了腿，靠在看台的壁毯上。他把帽子往后推了推，好不错过舞台上的任何一点儿细节。

她唱道："爱情，是一只不羁的鸟儿……"这咏叹调似乎拥有令人着迷的魔法，让整个剧场里的演员和唯一的观众——凯厄斯，都黯然失色。"爱情，是一只不羁的鸟儿，任谁都难驯服；如果它选择拒绝，任何召唤都白费。"她狡黠地卖弄着自己的嗓音，配合着美妙的音乐，将舞台上所有男人都聚集到了身边，"如果它选择拒绝，威胁或是乞讨都是枉然……"尽管她知道自己的把戏并不能迷住所有人，但她还是继续暗示，"你以为已拥有，它却躲开；你以为已躲开，它却捉住了你！"她注意到有一个人，对她的迷魂计竟然毫无反应，便更直勾勾地用黑眼睛盯住他——一个名叫唐·何塞的士兵。

唐·何塞远离人群，独自坐在一边，只顾着扣他的皮带扣，根本没注意到发生了什么。卡门生气地将一枝红玫瑰扔向他，继续用她充满诱惑的声音和迷人的眼神围猎。然而，就像这只是消磨时间似的，卡门和其他女工返

回了工厂，没向后看一眼，也没落下一滴难过的眼泪。

歌剧继续讲述着故事，凯厄斯渐渐地把他的麻烦事儿都忘在了脑后。

在下一幕中，唐·何塞面临着两难的选择：身患重病的母亲叫他兑现诺言，和村里的姑娘米凯拉成婚，可他的心却已经被卡门俘虏。看着送信来的米凯拉，唐·何塞不知如何是好。

突然，女工们跑了过来，大声惊叫着，她们说卡门和一个名叫曼努·埃丽塔的女孩打了起来，还用刀子划破了她的前额。烟草女工们大打出手，乱成一团，士兵们徒劳地想拉开这些歇斯底里的女工，反而挨了好几记飞拳，脸上也被她们的指甲抓破了。前来维持秩序的军官被愤怒的女工们团团围住，最后重重地摔在地上。

这场混战里唯一没挂彩的就是唐·何塞，他一把抓起卡门的手，想将她带到监狱里去。因为她像没事人一样唱着歌，拒绝解释这次大混战到底是怎么回事。

可是当他们单独待在一起的时候，唐·何塞被卡门充满诱惑的声音迷住，坠入情网。他相信了这位吉卜赛女郎的花言巧语，以为她真的会在塞维利亚的里拉帕斯蒂亚酒馆等他，于是便违背了良心，松开了绳索。就这样，在前往监狱的路上，迷倒士兵的卡门溜之大吉。

这场相思病的代价就是，唐·何塞受到了军官的惩罚，被关了禁闭，但他还是魂不守舍地想着那位吉卜赛女郎卡门。

这时，凯厄斯的目光牢牢盯在了一个男人身上。他正好站在凯厄斯前面，注视着风情万种的卡门。凯厄斯下意识地一躲，因为他觉得那身影特别像刚才的那个警卫。但很快他就发现，两者的帽子和身形并不相同。这个人在前排的座位间穿行，没注意到凯厄斯。但凯厄斯却发现他的肩膀有点儿奇怪，微微向一侧倾斜，似乎扛着什么沉东西。过了一会儿，这个人从剧场的边门走了出去。

凯厄斯平静下来，接着欣赏士兵们的合唱，但一阵窸窸窣窣的脚步声接近了他。灯光照亮了他的脸——是警卫！在他反应过来之前，凯厄斯已经跳起来，冲上了台阶。

警卫紧随其后，而凯厄斯跃上光滑的扶手，像玩滑梯那样甩着两条腿滑了下去。不过，着陆的姿势有点儿难看：他一头扎进了覆盖着黑色帷幕的门廊，被那些厚重的布料缠了个严严实实。他好不容易才从帷幕中挣脱出来，冲进走廊尽头，随便拉开一扇门跑了进去。

锲而不舍的警卫一扇门一扇门地拉开，搜寻着这位不速之客。当他猛地打开第五扇门的时候，显然是打扰了正在排练的芭蕾舞演员。她们扶着把杆，对着一面大镜子，检视着自己的动作是否足够优雅。她们懒洋洋地抬起眼睛，看了看破门而入的人。排练室的一角，足尖敲打地面的声音并未间断，演员们围成一圈，挥汗如雨地练着。她们的老师站在中央，用一根长手杖敲着地板，打着拍子。还有一些舞者正忙着穿上芭蕾舞鞋，系好舞衣上的长纱和脖子上的项链。

在门边，一位全神贯注的画家正忙着，在一幅巨大画布上记录下他所观察到的一切细节。他深深投入在他的工作中，飞速地画下舞者们的连续动作，还不时地用他灵巧的手擦一下流汗的脑门儿，或是咬住嘴唇，捋捋自己的胡子。

警卫仔细地检查了整个排练室，还粗鲁地向那些姑娘们提问。在被问到的舞者中，有一个站在屋子的最里面，穿着和歌剧演员一样的吉卜赛服装的姑娘，她用红色披巾包住头发，用扇子遮住脸，摇着头，声称没见过任何外人进入排练室。警卫显然疑惑不已，但也毫无办法，只好转身离开。排练室恢复如常，演员们继续忙着自己的事。

这时，一个一头金发、脚踝上缠着绿色绷带的芭蕾舞演员走了过来，坐在那个身穿吉卜赛服装的女孩旁边。她意味深长地笑道："得了，可以结束

了吧！"

扇子后面的棕色眼睛闪过一丝惊恐。

"你可把皮埃尔耍得团团转，"她突然拉起那女孩的裙子，露出一双毛茸茸的腿，"是不是啊，小子？"

凯厄斯心慌得连忙把裙子拉下来，这时，排练室里所有的舞者都好奇地盯着他看。

"怎么了？"坏脾气的老师朝着这位假冒的吉卜赛女郎走了过来，她举起手杖问，"这小子是谁？"

"嘿，把那玩意放下好吗？"凯厄斯躲过挥落的手杖——差点儿打在他脸上！

"你在这儿干什么？"

"没什么！"凯厄斯拉下肩头的披巾，"我只是想和夏洛克·福尔摩斯谈谈。"

"难不成你是福尔摩斯太太？"那个受伤的芭蕾舞演员嘲弄道，引起了一阵哄堂大笑。

凯厄斯恼羞成怒地脱掉裙子。这时，所有人都不笑了，因为她们全都盯着他的百慕大短裤和运动鞋看。

"多可笑的鞋子！"一个女孩说。

"我喜欢这裤子！"另一个绑着辫子的女孩摸了摸"百慕大"。

"你从哪儿弄到的这些衣服，福尔摩斯太太？"有一个女孩笑着问。

"喂，我的名字是凯厄斯，我是福尔摩斯的朋友，好吗？谁能带我去找他？我必须跟他谈谈，事出紧急！"

"谁能带这小子离开这儿？"门边的画家困惑不已地叨叨着，"他，或是她，反正这人搞砸了我的创作。难道要我把这乱七八糟的东西都画下来吗？"

"冷静点儿，德加①，"那个金发女孩说，"至少他给我们日复一日的练习加了点儿笑料。"

"啊哈，是吗？"老师咄咄逼人地说，"既然你不喜欢练习，何不离开？跟着这个……这个家伙离开？"

"我不是这个意思，"她蹭蹭脖子，尴尬地扭着金色的辫梢，眨眨眼睛说，"我的脚受伤了，在一边儿看着实在无聊，我只是想找点儿乐子。"

"玛戈特，医生很快就到，"一个绿眼睛、红刘海的女孩说，"也许今天你就能拆掉绷带了，别灰心，你还是可以跳《天鹅湖》的。"

"我讨厌站在那儿什么都不干，"玛戈特抱着肩膀，叹气道，"我讨厌两只脚傻站在地板上，我只想要跳舞，那是我的梦想……"

"我知道，"她的朋友安慰说，"我们都知道，你想成为领舞。我们都想。如果有一天，柴可夫斯基能为我们排演……"

"噢，玛卡洛娃，要是真有那么一天该多好，"玛戈特小声说，"不过，现在我只期待医生快点儿来。他几小时以前就应该到了，我可不想永远坐在这儿！"

"你们说得一点儿不错，姑娘们，"德加吐了口唾沫，走到门边说，"拜托你们结束这些傻乎乎的对话吧！还有，把这小子弄出去！马上！"

玛戈特把凯厄斯拉出了排练室，看上去根本没把画家的话当回事儿。他们走下一段坡道，遇见一群乐手正在讨论着要不要歇一会儿，然后调下琴。

"福尔摩斯！"凯厄斯认出了他的老朋友。他坐在一个金发、蓄着小胡子、面色苍白的男人旁边，那人还拿着一支长笛。

---

①埃德加·德加(1834—1917)，法国印象派画家、雕塑家。他最著名的绘画题材包括芭蕾舞演员和其他女性。他通常被认为是属于印象派，但他的有些作品更具古典、现实主义或者浪漫主义画派风格。代表作有《预演》《巴黎歌剧院乐队》等。

凯厄斯奔向福尔摩斯，被丢在一边的玛戈特也不以为意，转身离开了。

"有什么能效劳的？"

"是我，凯厄斯！你不记得我了吗？还有，华生在哪儿？"

可福尔摩斯只是一脸茫然地看着他："谁？"

"华生啊！你去调查时，他总是在你左右。"

"什么调查？"福尔摩斯把小提琴从肩上拿下来。

"别兜圈子好吗？"凯厄斯心里一阵慌乱，"你不记得我了？是你带我到贝克街的呀……"

"贝克街？"小提琴手重复着，"巴黎没有贝克街。"

"我知道没有，"凯厄斯着急地说，"我说的是你未来在伦敦的住处。不过，你在歌剧院干什么？你怎么成了小提琴手了？"他突然哽住话头，疑虑地上下打量着，"不，一定是搞错了，彻头彻尾地弄错了，你是侦探！"凯厄斯失去控制似的大喊，"华生到底在哪儿？"

但夏洛克·福尔摩斯只是静静地看着他。

凯厄斯陷入了绝望："该死的！又来了！都怪这讨厌的时间机器！"

"时间机器？"一个十八九岁的年轻人挤了过来，他穿着西装，打着领带，饶有兴趣地问，"你就是时间旅行者？"他仔细地看了看凯厄斯的衣服，低声惊呼着，"太神奇了！夏洛克，我不知道你竟然也对这个主题感兴趣呢！你可以在物理讲座上分享一下嘛！"

"我完全不知道这孩子在说什么，赫伯特，"福尔摩斯快快不乐地说，"我从来没见过他。再说，你也不会对这种无稽之谈感兴趣吧？"

"不，我当然感兴趣！不管怎么说，跟上时代潮流总是对的吧？看看，你们看看这孩子的衣服！"

所有人都盯着凯厄斯的衣服。

"我们在物理讲座上就来讲这个怎么样，赫伯特？"那个长笛手发话了，

"你不是评论家吗？"

"那不重要，艾尔伯特！其实，两年前，我赢得了一笔三年期奖学金，学习了物理、化学、地理、天文学、植物学，还有数学。尽管我喜欢写作，也在报社打零工聊以为生，但这些知识却一直……"赫伯特对凯厄斯笑笑，"年轻人，告诉我，时间机器是怎样运转的？它是个什么模样？"

"不知道，我压根儿没看见过那个什么机器。"

凯厄斯只想向福尔摩斯问个明白，但这位学者却锲而不舍地继续问："从没见过？那你的座舱在哪儿？你都去过哪儿？"

"我也不是很清楚，那只是些突然出现的蓝色云雾……"凯厄斯瞪着福尔摩斯，"问题就是我也不能控制它去哪儿，或是在什么时间停下来！"

"多神奇呀！"赫伯特兴奋地抓抓下巴，好像有千万种想法一涌而出似的，"这个问题一定和时间流有关，那些云雾就是座舱，又结实又轻飘……"他重新把视线转向凯厄斯，一脸惊诧地问，"为什么是你呢？因为你建造了时间机器吗？还是因为你的体重够轻？"

"不，只是因为我猜出了谜语，所以就得忍受这些乱七八糟的事情。"

"什么谜语？"赫伯特、福尔摩斯和艾尔伯特异口同声问道。

"别管那个了。"凯厄斯嘟囔着。

"啊，我懂了！"赫伯特像大人物那样挥着手说，"我知道殖民主义会导致一系列惨痛的后果，比如奴隶制、不平等。身为一个英国人，我深感内疚……我得阻止未来变成那个样子！"

"那么，能不能告诉我们，"艾尔伯特插嘴道，"是谁发明或是将要发明这个时间机器呢？这在遥远的未来，真的会实现吗？"

"拜托，我真的不知道。我这趟旅行的第一站就见到福尔摩斯了，他说我身负使命，甚至还让我帮忙破了个案……但是，当他正要带我去见某个知情人的时候，这该死的机器却把我带到了别的时空。现在，我彻底没办法

弄清楚到底怎么回事了。"

"福尔摩斯!"艾尔伯特和赫伯特惊呼。

停了一会儿,赫伯特开口了:"你不会明明知道,却对我们守口如瓶吧,老朋友?这事儿我可跟你提过不少次。"

"到底是谁发明了那东西,夏洛克?"艾尔伯特问,"别藏着掖着的。"

"我?你们疯了吗?你们不是说真的吧?"朋友们怀疑的目光让福尔摩斯大为恼火,"你们竟然会相信这种无稽之谈!我为什么要做那种事?"他被评论家和长笛手的问题轮番轰炸得焦头烂额,脱身不得。

在三人乱作一团的时候,凯厄斯总算有点儿空来好好思考。他看着夏洛克·福尔摩斯的脸,意识到他比自己印象中要年轻得多。他的眼睛周围还没生出因侦探生涯的压力而带来的皱纹,他的头发也浓密乌黑,没有变得花白……

"我真蠢啊!"凯厄斯突然大喊,"这个夏洛克不是那个夏洛克!"

三个人都停了下来,互相看着对方,一脸狐疑。

"不明白吗?我认识的夏洛克·福尔摩斯是未来的那一位!"

"真有趣儿!"艾尔伯特拍了拍福尔摩斯的背,"你将成为一位大人物,朋友,只可惜不是个音乐家。"

"别说了,艾尔伯特,"福尔摩斯皱着眉头,"这太过分了。"

"没错!"凯厄斯抑制不住心里的激动,"我知道,你——夏洛克·福尔摩斯,未来会成为一位侦探,住在伦敦的贝克街,然后遇见华生……你会把现在的这一切都抛在脑后的!时间永不回头!"他突然停了下来,看着赫伯特。

"那可不一定,"赫伯特拍拍他的背,"你能不能说得再清楚点儿呢?我和朋友们总是不知疲倦地讨论,时间旅行者能不能回到过去做些改变,然后改变未来。"他上上下下地打量着凯厄斯,最后将目光停在他的鞋子上,"真是怪异,这鞋是什么材质的?这些呢?你为什么穿着内衣旅行呢?"

"这不是内衣！"

"我并不想惹恼你，只是觉得穿成这样去旅行不那么合适。要是我是你，我会穿得更优雅点儿，至少别那么……显眼。"赫伯特大笑起来，他看见凯厄斯瞪着他，便笑着说，"别不高兴啦。你能多聊聊关于时间旅行的事儿吗？未来是什么样的？我猜会不怎么样。会有不少战争吧？科学发现怎么样？我们被火星人入侵了吗？"

"别胡扯了，赫伯特，这简直让我头疼。"福尔摩斯推推他，"我现在只想知道这孩子是不是应该去找个大夫，还有你，也最好一起去看看。我倒是能确定，我自己一切正常。"

第三章 幽灵初现

"我已经说过了,索拉,要么是我,要么是她,没有别的选择!"

一阵激烈的争吵吸引了四个年轻人的注意。一个穿着灰裙子的黑发姑娘生气地走来走去,她面前站着的那个矮胖男人正手足无措地摩挲着他的花白头发。

"你别想换掉我!"那姑娘继续说。

"小点声,玛格丽特,你还没痊愈,医生说你要保护你的嗓子。"

"我忍不了,你明白吗,索拉?这简直是侮辱,我才是最好的歌者,主角!首席!我才不会让那个臭女孩代替我!把她给我从这儿赶走!"

"这不公平,克里斯汀唱得非常好。如果你一直不能痊愈,我会下命令让她顶替你演出的。别再给我添麻烦了。因为电线短路、吊灯起火,我们的公演已经推迟一次了!现在你又突然失声!"

"你会后悔的!观众是为我出演的卡门而来的。你甚至还让她用我的化妆室!"

"玛格丽特!"一个留着小胡子的黑发男人插了进来,他拉起她的手,和她十指交握,"再这么大叫大嚷,你会永远失声的。克里斯汀不过是暂时顶替你而已。"

玛格丽特甩开他，走到一边。

尽管很没面子，但那个黑发男人还是一脸担忧："只要按医生说的治疗，你很快就会好起来的。"

"那些糟透了的治疗吗？佩德罗，你给我找来的那个笨蛋医生，只会让我越来越不好。昨天我去找了剧院里的老大夫，现在我就觉得好多了，上台演出一点儿问题都没有。"

"好吧，你不需要奥特拉兹医生，那就随便你，只要别再糟蹋你的声带就行！"

"你能体会我的心情吗？我这嘶哑的声音！作为指挥，你必须站在我这边，解雇克里斯汀！然后你才可以向我证明，你确实能为我做任何事情！快点，要想证明，你现在就去解雇她！"

指挥佩德罗不自在地看着地板，最终离开了舞台。

"你不过是忌妒可爱的克里斯汀罢了，不是吗，我的过气明星？"一个深色头发的男人靠在帷幕上，跷着腿，抱着肩。

凯厄斯发现，那正是演唐·何塞的那个演员。

"乔瓦尼！管好你自己的事儿，白痴！接着跟丑姑娘打情骂俏去吧！"

"你得承认，克里斯汀确实很有天赋。我要是你，也会忌妒她的。我们曾经的首席演员，哈哈！"

当玛格丽特气呼呼地冲着乔瓦尼走过去的时候，一阵尖叫声打断了她。芭蕾舞演员们拥了过来，互相推挤着，惊恐万状地冲下宽阔的舞台坡道。

"怎么了？"索拉问。

"幽灵！歌剧院的幽灵！导演！"芭蕾舞演员们七嘴八舌地喊着。

一个高个儿的舞者差点儿跌倒，她靠住索拉说："我们在一面镜子中看见他了！真的！他穿着斗篷，戴着宽边帽，浑身上下都是黑色，太可怕了！他戴着绿色的面具，上面是恶魔般的眼睛。他看见了我们，然后在屋子里飞

过。他看起来很痛苦……"

"可怕的咆哮，"另一个姑娘补充道，"太吓人了！"

"老天哪！他又要来作乱吗？这些年来，剧院的服装和道具没完没了地丢，现在他还想要什么？他打算彻底终结我的事业吗？报纸已经在嘲笑我了，难道《卡门》注定不可能首演了吗？"

"我们得搞一次降神会，"一个瘦瘦的舞者提议说，"我认识一个不错的灵媒，对这事很有经验。"

"对什么有经验？"导演从鼻子里哼了一声，挥着拳头说，"我才用不着！"

索拉沮丧地在舞台上踱来踱去，直到一个戴着软帽、穿着长围裙的黑人侍女跑上来，她手里抱着一个用黄色小花编成的花环："看，玛格丽特女士，我在你的化妆室里找到的。"

"多谢，格洛丽亚！花真美！那个闪光的东西是什么？"玛格丽特盯着侍女手上的黑丝绒盒子，里面是一枚钻石戒指。

"噢！"芭蕾舞者玛戈特低声赞叹，"这可像个传家宝呢！到底是谁送的呀？"

花环被丢在一边，玛格丽特找到了一封信，里面写着一首诗，诗的内容让玛格丽特看后兴奋不已。

> 纵使伤痕累累，我也守口如瓶，
>
> 不论天堂地狱，我也毫不畏怯，
>
> 我放弃了宝藏和欢笑，
>
> 隐匿了真实的姓和名，
>
> 我唯一可宣布的就是，
>
> 亲爱的首席女主角，
>
> 我是你的仆人。

她俘虏了他,他却躲避着你,

这不听话的爱情鸟儿啊。

谨献上这指环,

缔结你我的婚约,

保护着你,

不受侵犯。

全心爱着你的 P.O.

"'P.O.'是哪位的姓名缩写?"玛戈特问,而玛格丽特正一遍遍地陶醉在信中。

"天哪!"索拉一把夺过信,"'P.O.'是'歌剧院幽灵'(Phantom of the Opera)的缩写啊!"

"幽灵?"玛格丽特忍不住大笑起来,"真是无稽之谈!你不会再看见什么幽灵了,那一定是我的某个疯狂歌迷。他知道我有多了不起。"她把那枚戒指在手上掂了掂,耀眼的光芒令她突然心生敬畏。

"我看到有人在正厅后座偷看你们排练。"

所有人都扭过头,看着这个衣着怪异的男孩。

导演向音乐家们藏身的角落走过来,他紧抓住凯厄斯:"你看见他的脸了吗?"

"没有,抱歉,太黑了,他一闪就不见了。"

"那一定是他。"索拉喃喃自语,他一边绕着圈子踱步,一边用手搓下巴。

"看来,他真的很爱歌剧,"扮演唐·何塞的乔瓦尼看了一遍信,"他甚至在诗里引用了我们的唱词。"他把信塞回玛格丽特手里说,"亲爱的,现在我相信你了,只有疯男人才会如此表达爱意,我猜这一定是某种寄托相思的方式。"

大家都偷偷笑了起来，玛格丽特更生气了。

赫伯特掏出怀表看了看，他推推凯厄斯说："这事儿太古怪了，我们走吧，嗯？"他拉着凯厄斯往剧院出口走去，"我们去喝咖啡怎么样？还可以好好聊聊，未来的小家伙。"

"听着不错，"在凯厄斯发表任何意见以前，福尔摩斯已经同意了，"反正现在是幕间休息。"他停下来，看着周围的人说，"有谁见到克里斯汀了吗？"

"她一定在换装，"艾尔伯特边说边把他的长笛装进盒子，"你不会真以为那个臭老太婆会夺了克里斯汀的位置吧？"

"艾尔伯特，拜托你别跟她说这个，她已经为此不安好久了。"

"你说得对，她最近是有点儿神经质。不过，这无损于她的美妙声音，她的声音简直就像清亮的水晶似的！"

"也许是因为婚礼的琐事令她烦心……我们都没时间见面。"

"你定好日子了吗？"

"我还没来得及去教堂呢，排练什么的全都没准备。"

"夏洛克，你真走运，克里斯汀一定是最漂亮的新娘！"

第四章　发现威尔斯

　　福尔摩斯和其他人一起找到了克里斯汀，她已经换好了一身拖地长裙，金色卷发上别着一顶装饰用的小帽子。她看到大家，便站起来整理了下胸前的一枚浮雕宝石胸针，扑向她的未婚夫拥吻起来。他们手挽手，一脸幸福，跟赫伯特、艾尔伯特和凯厄斯一起前往歌剧院旁边的咖啡馆。

　　"那么，凯厄斯，你觉得我们这个时代怎么样？"艾尔伯特问。

　　"我正眼睁睁地看着时间流逝，说真的，我焦虑极了。"凯厄斯一边走，一边抬头看着辽远的天空。

　　"焦虑什么？"

　　"夏洛克的未来。"

　　"为什么？"赫伯特看见那对情侣正热切地窃窃私语，压根儿没注意到他们的对话。

　　"我不知道该不该说，也许未来还是改变一点儿比较好。"

　　"我说，你能说得更明白点儿吗？"赫伯特友好地搭着凯厄斯的肩膀，"你只提到我们的这位朋友有可能成为侦探。"

　　"可能……可怕的可能……要是我能改变他的命运该多好。我不应该透露他的未来，但是……太怪异了，这个夏洛克和未来的那个完全不同。"

"你可把我弄糊涂了,小伙子,就算两个夏洛克不同,那又有什么好怕人的?"

"唉,我认识的那个夏洛克·福尔摩斯根本没结婚。这不可怕吗?克里斯汀这么好,他为什么没娶她? 未来的福尔摩斯不苟言笑,只是偶尔才拉一会儿小提琴。现在,我在这儿,是不是会改变什么?还是我已经改变了他们……"

"我明白你的意思,凯厄斯,这确实令人纠结,但我觉得你的力量还不足以凌驾于自由意志之上。"

"什么意思?"

"我是说,你这趟时间旅行并不是你自己选的,它也不是专门为你准备的,你现在出现在这个时空,这是早就安排好的。"

"你怎么知道?"

"哦,凯厄斯!"赫伯特叹了口气,像兄长似的笑了笑,"这是我和我的科学家朋友得出的结论:我们都是历史的一部分,过去、现在、未来,我们只能循着命运安排好的路去走。"

"可是,这些结论是怎么得出的呢?你怎么能那么肯定?我在时间中旅行了好多次,都不能肯定我能不能改变未来,更何况你从来都没进过时间机器呢!"

"我们先理清这个概念——我们在时间机器里是不是真正活着?"

"这又是什么意思?"

"确切地说,"赫伯特整理了下他的翻领,"我们的宇宙就是一个不停走向未来的时间机器,它的速度是固定的,比如每天走多少。如果我们想到未来去,就得造出一个速度足够快的火箭。火箭里的人不会有什么特别的感觉,但是当他们被发射到别的星球,想再回到地球时,就得立即减速。这时他们也许会发现地球上的人都更老了。"

"这是因为火箭旅行需要时间,而地球上的时间更慢。如果火箭里的人有一个孪生兄弟留在地球上,那么他会更老。结论就是:时间旅行者必须比地球速度更快,才能到达未来。"

"没错!你怎么知道的?"

"一个名叫爱因斯坦的大学者说的。"凯厄斯回答。

"啊,这个爱因斯坦非常聪明,他还说了别的什么吗?"

"我不想告诉你,我还是觉得我可以改变时间的线性。"

"是吗?我表示怀疑。你想象一下……"赫伯特环顾四周,看见克里斯汀走在前面,正和她的未婚夫及艾尔伯特聊得开心,"你想象克里斯汀是你的祖母,现在你冲过去,把她撞倒在地,这事故要了她的命。"

"真是令人不快的想象……"

"上帝保佑,确实有点儿……不过,问题是,你还会出生吗?"

"唔,应该不会。"

"那么,凯厄斯,既然你没出生,又怎么能回到过去,撞死你的祖母呢?"

"呃,现在我懂你的意思了。可是,如果……"凯厄斯咬住上嘴唇思索着,"如果真的有平行宇宙呢?"

"平行宇宙?"

"对啊,有不止一个宇宙,它们平行存在,然后我从另一个宇宙过来,撞死了我的祖母……"

"太妙了!平行宇宙!让我想想,唔,它们就像一叠薄板似的,某种情况下,你能从一个跳到另一个……那样的话,就没问题了!"

"所以,这就意味着我可以撞死自己的祖母,可以改变自己的过去。"

"是啊,是啊,但这么说来,你是在一个你从未存在过的宇宙撞死她的?"

"没错。"

"那你就阻止了这个宇宙中凯厄斯的出生啊！这就好像你正读一本书，突然停下，跳到了另一章节。"

"所以我可以改变过去啊。"

"我还是不同意，"赫伯特捻着胡子说，"你原来所在的那个宇宙，它的历史还是没有改变。你只是撞死了另一个宇宙中的凯厄斯的祖母，而你本人的族谱却还是一样正常。"他看见克里斯汀和夏洛克手牵手在散步，"你看，你没办法改变时间的线性，所以也没必要担心焦虑。"

"另一个凯厄斯……"凯厄斯轻叹，"就是说，现在，此刻，有另一个我在另一个宇宙？"

"唔，可能吧，"赫伯特抽抽鼻子，"不过那又怎么样？"

"怎么样？我可不想另一个凯厄斯死掉啊！那可太过分了，我简直不知道该怎么说……"

"你要是一直顺着这个路子想，那我们就别谈其他的了。"

"随便吧，我宁可当个普通人，别再谈什么未来了好吗？"

"真是浪费，"赫伯特闷闷地摇了摇头，"我身边就坐着个时间旅行者，可他却不想谈论未来！唉，真想知道未来会怎么样！人们应该不用再忍受我小时候所受的那些折磨，世界应该变得更好！"

"你在说什么啊？"

"唉，凯厄斯，现在你面前是个受过教育的年轻人，可是过去，他是个穷光蛋，和三个兄弟住在一间破屋子里。我的母亲给人做侍女，我父亲什么活儿都做，我家的日子过得很艰难。于是，为了给自己谋得生路，我的父母抛弃了他们的孩子。"

"他们把你怎么样了？"

"啊，那时我已经上学了，所以在一家布店做了学徒。我住在一间又黑又小的屋子里，没完没了地工作，却挣不到几个钱。支撑着我坚持下去的只有两件事：有一点时间可以学习；每周可以去母亲工作的别墅看她。"赫伯特失神地望着大街，沉浸在回忆中，"我恨那些孩子！我恨母亲的那些雇主！今天想来，我仍然忍不住要往他们势利的脸上挥拳！不过，最后我还是报了仇……"

"你干了什么？"

"干了什么？哈！我可干了不少好事儿！当那些傻瓜无所事事地浪费时间时，我偷偷地溜进了那家的图书馆。你绝想不到这对我有多珍贵！我在那些书籍之间徜徉，就像打开了一扇新世界的大门。它们对我的帮助太大了，就是这样，我才能继续学习，才有机会见到了赫胥黎①教授。"

"这个名字让我想起……"

"毫无疑问！"赫伯特笑道，"赫胥黎教授如此热心地为达尔文的进化论辩护，他一定会名垂青史的，对吧？"

"我不知道。就算知道也不告诉你……"

"为什么？"赫伯特挥舞着双手大喊，"你多少告诉我一些啊！至少，跟我说说那些战争、发明……"

"你疯了吗？门儿都没有！"

"'果仁②'？什么怪词儿！"赫伯特嘀咕着。他抬起头，似乎想到了什么："讲讲你的旅行吧，你都看到了什么？"

"我不能说，抱歉。"凯厄斯摇摇头，一脸担忧，"我不想继续了，不想和时间玩什么游戏了，它已经杀了我一次了。"

"杀了你？怎么杀？"赫伯特吓了一跳，一把拉住凯厄斯的胳膊，"你是说

①托马斯·亨利·赫胥黎(1825—1895)，英国博物学家、教育家，捍卫达尔文进化论最杰出的代表。代表作品有《人类在自然界中的地位》《进化论和伦理学》等。
②原文是凯厄斯说了"Are you nuts? No way." "nuts"原意指坚果、果仁，现代俚语有"疯子"的含义。书中的年代还没有现代俚语的用法，所以赫伯特听不懂凯厄斯的这句话。

平行宇宙吗？你是不是在某次旅行中，杀了另一个空间的另一个你？"

"不，没有，没有另一个空间的另一个凯厄斯，"凯厄斯边走边说，"只是，在上一次旅行里，我被克隆了。那是在特别遥远的未来，有个克隆的我。当我们回到正常的时间里，那混蛋差点儿偷去了我的生活。就连我妈都特别喜欢他，因为他是个恶心人的胆小鬼，我妈说什么他都照做。你能想象吗？"

赫伯特完全惊呆了，只茫然地点了点头。

"你不会相信的，"凯厄斯一股脑儿倒了出来，"最要命的是，当我开始下一次旅行时，那个克隆人和我打了起来，然后……"他盯着地面，回忆着。

"怎么了？然后呢？"

"他……分裂了……"凯厄斯眼睛里满是内疚，"他不见了，只剩我自己在时空隧道的云雾里。我真的很努力想要抓住他，可他就在我面前摔了下去，死了……"

"我们到了！"福尔摩斯说。他拉开咖啡馆的门，让未婚妻先进去。这时，他注意到凯厄斯正强忍着眼泪。"赫伯特！"他拉住他，让其他人先进屋，"拜托，别再说什么克隆人了，行吗？"

"你听见了？"

"这种事不能在咖啡馆里大谈特谈，我也不希望别人知道，尤其是克里斯汀。不管这个男孩是谁，我们都得照顾好他，明白吗？"

"呃，等一下，你怎么能听得这么清楚，还同时跟克里斯汀聊得那么投入？"

"所幸的是我天生就擅长观察周围的人和事。唔，也许在盯着你的同时，关注克里斯汀更有难度。"

"盯着我？"

"当然，"这位小提琴家关心地拍拍朋友的肩膀，笑道，"你已经被时间旅行这种无稽之谈弄得魂不守舍了，这才是真正的大麻烦。"

　　"可是,夏洛克,你得承认什么可能都是有的。"

　　"亲爱的威尔斯,你太固执了……"

　　"威尔斯?"凯厄斯突然回过神来,他盯着这位正与未来侦探争执的评论家,"你是赫伯特·乔治·威尔斯①? 就是写了《星际战争》和《隐身人》的那个威尔斯?"凯厄斯张口结舌地盯着他,简直不敢相信自己的耳朵,"老天! 赫伯特·乔治·威尔斯!《时间机器》的作者! 我们要做点儿什么吗? 就趁现在吧? 我们现在要做什么?"

　　"我们进去吧。"福尔摩斯结束了这场讨论。

---

　　①赫伯特·乔治·威尔斯(1866—1946),英国著名小说家,尤以科幻小说创作闻名于世。1895 年出版《时间机器》一举成名,随后又发表了《莫洛博士岛》《隐身人》《星争战争》等多部作品。

第五章　画家咖啡馆

咖啡馆里热闹非凡，系着长围裙、别着花里胡哨的胸针的侍者们在桌子之间穿行。在咖啡馆中央的一张台球桌前围满了人，他们正聚精会神地看着一个人大显身手。那人全神贯注地准备挥杆，连圆眼镜溜到鼻尖儿也全然不觉。如果撇开他的五短身材、罗圈腿和大号脑袋不提，他的球技倒是真令人羡慕。每一次挥杆，他都要从口袋里掏出个金属瓶子喝上一大口，然后接受对手奉上的恭维和赌金。谁都能看得出来，他每走动一下都很难受，但他只是倚着拐杖或球杆，时不时地朗声大笑。

赫伯特和他的朋友加入了另一拨人，在台球桌后面的一张桌子边坐下，艾尔伯特则冲着台球桌晃了过去。

赫伯特向大家问了好，并把凯厄斯介绍给他们，不过，当他正要提到时间旅行时，福尔摩斯谨慎地推了推他。

凯厄斯则对刚认识的每一个名字都印象深刻，它们听起来真耳熟：那个活力四射的粗眉毛男子叫塞尚①，他用一种干巴巴的语调表示欢迎；而

---

①保罗·塞尚(1839—1906)，法国著名画家，有"造型之父""现代绘画之父"之称。他追求对物体体积感的表现，重视色彩视觉的真实性。代表作有《果盘》《圣维克图瓦山》等。

雷诺阿①看起来更平和，他的太太艾琳也更友好。

"啊，莫奈②！你好吗，我的朋友？"

"赫伯特！"一个留着络腮胡子的男人走过来，身边还陪着一位和蔼的女士。

"你也来啦，爱丽丝，"赫伯特礼貌地亲吻了她的手，"跟这古怪苛刻的画家一块儿工作可真辛苦啊，是不是？"

"也还好。克劳德·莫奈迷上了我们的花园，我真有点儿吃醋了。"

"说到花园，"莫奈说，"我能期待你的大驾光临吗？明天来我家吃饭怎么样？你一定得试试我特别准备的'绿野仙踪青'蛋糕。"

"他说啥？"凯厄斯凑近福尔摩斯轻声问，"这是用来看的，还是用来吃的？"

"如果是莫奈做的话，两者皆可。"福尔摩斯喃喃道，他正牵着克里斯汀的手，望着他的心上人出神。

他们正享用着甜点，一个穿着黑裙子、眼睛深不见底的姑娘朝着莫奈走了过来，后面跟着一个留着小胡子、戴眼镜的男人。

"贝尔特③！左拉④！"莫奈招呼着，"过来，坐这边儿！"

"不用忙，"贝尔特向他们挥挥手，温和地笑着说，"左拉和我是来见卡米耶⑤和罗丹的。"

---

①皮耶尔·奥古斯特·雷诺阿(1841—1919)，法国印象画派的著名画家、雕刻家。代表作有《游艇上的午餐》《包厢》等。

②克劳德·莫奈(1840—1926)，法国著名画家，印象派代表人物和创始人之一。他擅长光与影的实验与表现技法。代表作有《睡莲》《鲁昂大教堂》等。

③贝尔特·莫里索(1841—1895)，法国印象派女画家。代表作有《芭蕾舞女演员》《阅读》《摇篮》等。

④埃米尔·左拉(1840—1902)，法国最重要的作家之一，自然主义文学的代表人物，亦是法国自由主义政治运动的重要角色。代表作有《三个城市》《四福音书》等。

⑤卡米耶·克洛岱尔(1864—1943)，她是法国雕塑大师奥古斯特·罗丹的学生。代表作有《冥思》《沙恭达罗》等。

"你开玩笑吧？那一对恩爱佳偶？"莫奈扫了一眼咖啡馆另一头的一对男女，他们看起来完全无视周围的环境，"再这么卿卿我我下去，博物馆可就要另请高明了……那个雕塑叫什么来着？《地狱之门》？"

"没错，"赫伯特轻蔑地哼了一声，看着那个迷人的女学生正用自己的发梢搔着罗丹的胡子，"他们确实才华横溢，但很快就会被丘比特毁了。"

"是啊，我们还是坐这儿吧，"贝尔特用胳膊肘戳了戳莫奈，指着塞尚阴郁的脸说，"他还在跟左拉闹别扭吗？我们还是躲远点儿吧！"

"那还用说，"莫奈拉来两把椅子，"这两位还是孩子的时候就打得不可开交了，是吧，塞尚？"

塞尚怒气冲冲地站了起来，撞翻了一把椅子。

"还不原谅我，真是的，"埃米尔·左拉扶起椅子，"见鬼，我都不知道他到底为什么总是冲我发火！难道被姑娘甩了也要怪我吗？还是说我不该在爱情小说里写什么失败画家？"

"贝尔特，"莫奈插嘴道，"我请大家明天到我家做客，你们也来吧！你还可以看看马奈①的草稿。"

"什么草稿？"

"《奥林匹亚》，亲爱的，正式的画作都被锁在博物馆里，我那儿只有草稿。另外，你可以把他在我工作室画的那幅画带来，我打算给它镶个框，用它替换下索拉导演准备的布景。这是纪念他的最好方式了，说真的，我真是太想念他了。"

"我知道，"贝尔特情绪低落，"我也很想念哥哥②，在我学画的路上，他给了我太多鼓励，以前我还总给他当模特呢。"

---

①爱德华·马奈（1832—1883），19世纪印象主义的奠基人之一。代表作有《吹短笛的男孩》《草地上的午餐》。

②贝尔特嫁给了马奈的弟弟，这里应该译为"大伯"或"夫兄"，不过口语里一般会称呼为"哥哥"。

"我要做的就是让人们都了解马奈的作品，"左拉弹弹烟灰说，"我才不在乎丢掉报社的工作呢！我要维护马奈开创的新的绘画理念，而这一理念已经由你们——在座的各位传扬开去！你们所画的，都表现了你们对现实世界的观察和思索，尽管角度并不相同。"

"他做了很多，"福尔摩斯突然有些失落，"除了绘画，在音乐上也影响深远。"

"说到这个，夏洛克，"左拉推了推眼镜说，"你的朋友德彪西①在意大利还好吗？"

"他上周给我写信，说他仍然想要创作一种更自由、更多彩、更饱和的旋律。"

"他会说到做到的，"左拉抿了一口咖啡，用餐巾纸擦擦胡子，"他可是极有天分的。"

"是的，我知道，"福尔摩斯继续说，"他想创造一种新的音乐语言，从那些限制重重的重复乐句中解脱出来，就像比才写《卡门》那样投入所有的精力。"他尝了口甜点，狡黠地一笑，"我看德彪西是要成为印象派音乐家了。"

"所以他很享受在意大利的学习咯？"克里斯汀看着穿行的侍者们，"和那些轻松又阳光的人在一起真不错啊！"

"他倒不这么想，亲爱的。德彪西说他在美第奇宅院里看了很多巴赫、瓦格纳的乐谱，读了不少莎士比亚、波德莱尔、维尔伦的作品。但他还是等不及想要回来，因为他觉得灵感只会在巴黎冒出来，他的艺术梦想也只会在巴黎实现。"

"如果真是这样，我们要把它归功于马奈！"雷诺阿用手指敲着空杯子边，"他是我们的先锋和导师。在忍受了无数怒骂和诅咒之后，他总算在撒

①克劳德·德彪西（1862—1918），法国人，19世纪末20世纪初欧洲音乐界颇具影响的作曲家、革新家，也是近代"印象主义"音乐的鼻祖。代表作有《大海》《佩利亚斯与梅丽桑德》。

手人寰之前看到了自己的作品被大众认可。"

"没错,"莫奈赞同道,"归功于马奈。"

充满敬意的寂静笼罩在这张咖啡桌周围,凯厄斯觉得仿佛空气都变得沉重了,尤其是看着莫奈那充满悲伤的脸,更是叫人觉得压抑。于是,他站起来,决定去台球桌那边看看。

艾尔伯特刚教了凯厄斯几个台球姿势,咖啡馆里就起了一阵骚乱,所有的客人都盯着大门看。一个穿着破衣烂衫的红头发男人闯了进来,另一个衣着光鲜的男人差点儿撞掉了门。他们跌跌撞撞地走了进来,红发男人四下里打量着,径直朝着艾尔伯特走了过来。艾尔伯特连忙把凯厄斯一把推走。

"你这个混蛋!"那个男人吼着,用大手卡住了艾尔伯特的脖子,"你就是她经常提起的那个音乐家哥哥?你这个蠢货,告诉我,为什么你让克里斯汀和别人订婚了?为什么?"

"你在说什么?放开我!"

凯厄斯心里嘀咕着,不知道这个疯子是不是福尔摩斯的什么朋友,他突然意识到那些侍者其实也这么想。所有人都一动不动,静静地看着这荒谬的一幕。

"住手!我根本不认识你!"艾尔伯特喊着。

那个男人突然松开手,茫然地走来走去:"就在我向她求婚以后!这怎么可能?我这是怎么了?为什么就得不到幸福呢?难道只有献身于神学才能拯救我吗?我到底犯了什么罪?"

"你真是疯了!你以为你是谁!"艾尔伯特一把把他推开,吃惊地盯着他。

"每个人都跟我作对,我什么都不是,我的作品一文不值……你知道这是为什么吗?因为他们只花三十秒去看一幅画,看一百幅画也不过一个小时,那怎么可能用心看懂一幅画呢！那些评论家……他们真以为自己懂艺术吗？"他突然从口袋里掏出一把小刀,指着艾尔伯特,"一切我渴望的都得不到,包括克里斯汀！"

"别这样,文森特,快把刀子给我！"那个陪着他一起来的年轻男子说道。趁他不备,年轻男子一把夺过了刀子,把他紧紧压在地上。那个疯男人就像个受伤的小动物似的,呻吟不已。

"你别管,提奥,放开我！"

"等、等一下,"凯厄斯突然插嘴,他低头看着那个动弹不得的疯子,"文森特？你是不是文森特·威廉·凡·高①？"

那个疯子根本没注意到这问题有多古怪,肯定地点点头。

"哇！"凯厄斯兴奋地大喊大叫,"凡·高！你的画真是太棒了！我妈就在她屋里挂了一幅呢！"

"她挂了一幅？"疯画家爬起来,尴尬地笑了笑,"你妈妈买了我的画？"

"呃,确切地说,也不完全是……她没钱买凡·高的真迹,只能买仿制品。"

"仿制品？"凡·高愣住了,陪他来的那个年轻男子担心地推推他,可是他急躁地挥挥手说,"我简直不能相信,竟然有人会买我的画,还出现了仿制品？"

"不是,不是,"凯厄斯举起手安慰他,"我不是说复制,我说的是……呃,你的作品价值连城,就像莫奈、塞尚的一样……"他突然回过神来,环顾四周,发现咖啡馆里的人们都竖起耳朵听着呢。

"这孩子一定是像凡·高先生一样发了疯。"一个侍女跟她的同事轻叹,而后者正努力地憋着笑。

---

①文森特·威廉·凡·高(1853—1890),荷兰后印象派画家,深深地影响了20世纪的艺术,尤其是野兽派与表现主义。代表作有《星夜》《向日葵》《麦田上的乌鸦》等。

"见鬼！为什么我就不能闭上我的嘴！"凯厄斯晃晃头，对赫伯特笑道，"你看，这就是时间弄出的乱子。"

"价值连城！"凡·高却喃喃重复着，"我的作品，会价值连城！"

"是的。"凯厄斯低落地回答。

"你是说，我的作品最终被大家认可了吗？"红头发的疯画家又问，他的眼睛里充满了期待，"告诉我，孩子，他们喜欢我的作品吗？喜欢吗？快告诉我！"

凯厄斯定定地看着他，看着他一脸的急切和渴望，终于叹了口气，告诉他："没错，你的作品会被收藏在最好的博物馆里。"

"啊！这样！对……但是，他们会……会怎么说？他们有什么感觉？我是说，看了我的作品以后？"

"这个嘛，我不知道。不过，当人们知道这东西价值连城的时候，总会特别兴奋，他们还会为了能凑近一点儿看清楚你的画而大打出手呢！"

"没错，正是如此。但是，他们有没有说什么？"

"说什么？没有，什么都没说。"

"没有？"凡·高一脸吃惊地吸了口气。

"你的作品之所以成为名画，是因为有人说它好，于是有钱人就想得到它，这么一来，它就价值连城了。"

"所有的画吗？"

"唔，有你的签名就足够了，大富翁们会掏钱的。不过那些没钱的人就只能买仿制品了。"

"你是说，我的作品能价值连城，就因为我签了名？就因为我写了'凡·高'在上面？"

"差不多是这么回事儿。不过，呃，我妈说，她真挺喜欢你那'充满生命力的笔触'的。"

"噢,是吗？可是,我想知道的是,要是我不签名,那些作品就会无人问津了吗？是吗？"

一片死寂笼罩在每个人的头顶,包括凯厄斯在内的所有人都一动不敢动。凡·高的脸扭曲了,愤怒的狂吼从他嘴里喷涌而出:"疯了!你们都疯了!那些指责我画得太快的人,自己不也是一秒钟就看完我的画吗？我可是把我的心和灵魂都倾注其中了啊!我只是希望他们能尊重我!仔细看看我的作品,凡·高的作品!"

"冷静点儿,文森特。"提奥恳求着,把手放在哥哥的肩膀上,"别听那孩子胡说了。"

"但他说的是实情啊,你们不明白吗？难道只有我一个人看得出？"凡·高盯着咖啡馆里的那些画家,可他们每个人都低着头,脸色难看得像是在参加葬礼。"没人回答,好吧。我们拼尽心力所呈现的那些,人们用眼睛所看不到的那些,根本没有人会在乎。这就是真相。"他回过头,大笑着转着圈子,"到头来,竟是这样的真相。我真心地看待这个世界,热切地表达自我……最深处的自我……如果他们只想要个该死的签名,那这一切还有什么意义!"

"求你了,文森特,我们坐下来再……"

"你是对的,"陷入疯狂的凡·高呆立着,突然死死抓住他的弟弟,"提奥,我明白了!我明白了!从现在开始,我得练练我的签名!"他怪异地大笑道,"就是因为签名太烂,我才卖不出画的!"

"我们已经聊过好多次了,"提奥难掩忧伤,他挣脱出一只手,理好哥哥因发怒而乱掉的头发,"艺术品不容易推销的,我总不能强迫别人。这并不只是针对你,别的画家也一样啊!不信就去问问你的朋友。莫奈,告诉他,是不是这样？"

"我不想听那些关于市场的废话,弟弟。帮我打开销路是你的工作,至

少你可以在你的画廊里展出我的签名。"

"用不着你来教我如何工作，"提奥推开哥哥，"画廊又不是我开的，天知道我得怎么说服老板展出你的画。"

"没一个人理解我！"凡·高大叫，又把刀子对准了艾尔伯特。

"你爱怎样就怎样吧！"提奥绝望地吼着。

兄弟俩不顾一切地打了起来，还举着刀子。发了疯的凡·高推开了弟弟，冲向手无寸铁的福尔摩斯。在那刀子距离他的脸只有几厘米的时候，和艾尔伯特一块儿打球的那个矮个子男人站了起来。虽然他的步子有点儿古怪，但还是单手挥着拐杖，制服了凡·高。

"放开我！罗特列克①！听不懂吗？快放开我！"

"现实就是这样，文森特，"矮个子男人仍然紧紧压住凡·高的胳膊，"没一个人理解你，事实上，我们这种人就是不被理解的物种。"

凡·高渐渐松弛下来，罗特列克也放开了手："你说得没错，卖画确实困难重重，你卖不出你的风景画，我也卖不出我的肖像画。谁会把一幅舞女画像挂在墙上？谁又会买一幅《红磨坊舞会》呢？"

这平和的话语仿佛有着催眠般的效用，使凡·高冷静了下来。他转过身，看着这个用力压住他、又轻轻松手的矮个子男人："罗特列克，只有你明白这一切。"他无力地倚着罗特列克，两个人都晃了晃，"绘画就像个坏脾气的朋友，你付出得越多，他越是得寸进尺。我一直告诉自己，这些不断的折磨都是让自己进步的必经过程，但总会有不那么痛苦的法子吧？可是，我能怎么办呢？画画对于我来说，就是必需品，无法放弃的必需品。别的东西，我全都不在乎，什么乐趣、消遣，完全是过眼烟云，但如果画不下去，我就会抑郁难当。那感觉就像一个织布工看着他的棉线乱成一团，布上的图案全都

①亨利·德·图卢兹·罗特列克(1864—1901)，法国贵族家庭出身，后印象派画家、近代海报设计与石版画艺术先驱，被人称作"蒙马特尔之魂"。代表作有《红磨坊舞会》。

毁了,他所有的努力和小心翼翼也白费了。"

"我明白,"罗特列克推了推他的眼镜,善解人意地说,"我只画事物的本来面目,只记录,不评价。我想画出世界的真实,而不是理想化的虚幻。也许这不好,但我不是赞美丑陋的东西,而是用幽默装饰它们,夸大它们,再给它们来个正话反说的大结局。你要不要约束你的笔触,这我不好说,但我的笔……噢,唯一要做的就是随它去发挥!"

"是啊,相比原封不动地照搬景物,我更愿意用抽象的、更有冲击力的颜色来表达自己,不论是风景还是肖像。我希望人们在看画的时候会说:'作者的体会很深刻、很敏锐、很强烈……'"

"哈哈,那些看画的家伙最烦人了,他们总喜欢指手画脚地提要求。不过,要敷衍他们却容易得很,不就是完成一幅画吗?没什么比肤浅地画两笔更简单的了,这是最明智的办法。"

"我在人们眼里到底是什么样?无足轻重?偏执古怪?惹人讨厌?还是……永无出头之日,一天比一天沉沦?好吧,他们说得对极了。总有一天,这些偏执和虚空都会表现在画里,因为这就是我内心所感受到的。我的雄心壮志就是,不管什么事,我都以更多的爱、更少的恨,更多的平和、更少的冲动去对待。尽管我常常陷入痛苦,但在我内心深处,却还是有着宁静、纯粹、和谐的旋律。那些最穷苦的村落、最脏乱的角落,本身就有着画一般的美感,我总是抑制不住地想到它们……这个,你怎么看?"

"我看这谈话应该以此作结:喝一杯吗?"

"好,来一杯,哦,两杯吧。"凡·高笑了。

"过来,"罗特列克把凡·高推进咖啡馆最里面,"你需要喝点什么来浇熄怒火,重新振作起来。来,喝吧。"他见凡·高很开心,就举起那根又沉又精致的手杖,拧开了底部。凯厄斯吃惊地发现,原来,这手杖竟然是盛酒的容器,酒正从手杖中间的孔里流出来。

"想喝多少都随你，这干邑①是极好的。"

"罗特列克，我多爱你啊！"凡·高笑着，很快就倒空了手杖里的酒。

提奥被折腾得精疲力竭，他在贝尔特旁边找了把椅子，一屁股瘫坐在上面，大家都被他的样子逗乐了。

"你哥哥越来越难劝了，提奥。此时他能承受多大的欢愉，日后就能用他的笔刷画下多大的怨恨。"贝尔特啜了一小口酒，远远望去，只见凡·高正把整瓶的酒灌进嘴里。

"罗特列克总是能鼓励他、陪伴他。看他俩那样子！"

"那不是鼓励，"凯厄斯只看见两个酒鬼，"不过只用闻的，也知道那是干邑。"

"我已经不知道该拿他怎么办了，"提奥重重地叹息着，他看见哥哥和他的朋友踉踉跄跄，很不好受，"他一直和绘画僵持不下，想要主导它。不论他是画那个凄惨的吃土豆的人，还是吹弯了麦子的强烈狂风②……老天哪！他永远不满意，想画得更好。离开荷兰那个令人不快的镇子，来到巴黎，他对此很着迷。他曾告诉我法国的空气让他头脑清醒，这对绘画大有裨益。他也无数次表达，他有多喜欢那些鲜活的颜色，尤其是黄色。那是最能表现他内心感受的颜色了，特别是黄色的花朵，向日葵……"提奥把杯里的酒一饮而尽，颇有惧色地看着哥哥，"他怎能如此光芒四射，在某一个时刻汇聚了生命的所有能量？就像是住在一个身体里的两个灵魂，其中一个是那么真切地悲哀。他是他自己的敌人。"

这时，凡·高倚着罗特列克的肩膀，摇摇晃晃地经过他们。提奥站起来拦住他："你要去哪儿？你现在这样，哪儿也不能去。"

---

①指在法国干邑镇或周边地区一种用葡萄酿造的白兰地。干邑白兰地必须以铜制蒸馏器双重蒸馏，并在法国橡木桶中密封酿制两年，才可称作干邑白兰地。

②此处是指凡·高两幅传世巨作《吃土豆的人》和《麦田上的乌鸦》。

　　"我要跟我唯一的朋友去欣赏《煎饼磨坊的舞会》①。"

　　"是的,"罗特列克歪斜着身子说,"他负责外围的园子,我负责园子里的人,怎么样?谁知道会怎样呢?反正就是跟姑娘们找点乐子呗,再喝上几杯!"

　　"你和姑娘们一块儿玩儿吧,"凡·高轻轻拍拍罗特列克的脸,"我受够她们了,还是在老磨坊里待着好,至少能让我回忆起童年时光。"

　　"那你肯定会喜欢马上要开张的红磨坊夜总会,"罗特列克戳戳凡·高的脸,慢悠悠地说。他拎起溅有红色印迹的沉甸甸的画具箱,把一顶草帽往凡·高头上一扣:"来吧,伙计,你的东西都在这儿了。露易丝②说他们把林荫大道旁的那个磨坊重新修缮好了。她说红磨坊绝对会让整个巴黎为之疯狂的。当然了,我们得看看是不是真有那么回事儿再说。"

　　"又一个夜总会?红磨坊?"雷诺阿轻蔑地看着他们,"巴黎已经被花天酒地淹没了。"

---

　①《煎饼磨坊的舞会》是雷诺阿的名作之一。
　②指露易丝·布鲁埃,她是一名模特,也是罗特列克的女性朋友。

第六章 卡门的诱惑

再次回到歌剧院,凯厄斯只想躲开赫伯特,因为他总是不依不饶地要他讲有关未来的一切细节。门口的那个警卫又追了过来,幸好赫伯特再三保证凯厄斯不会闯出什么乱子,他才罢休。在费了好一番口舌之后,警卫才把凯厄斯的衬衣还给他。

艾尔伯特和福尔摩斯回到乐队里,准备好为第二幕的带妆彩排演奏。索拉来了,他一脸尴尬,磨磨蹭蹭地走到舞台前面。他拉住克里斯汀的胳膊,把她带到舞台侧翼,谈了好一会儿。克里斯汀听着导演的一字一句,脸色越来越难看,最后忍不住哭着跑开了。

福尔摩斯连忙追了上去。凯厄斯和赫伯特走到乐队旁边问:"怎么了,艾尔伯特?"

"还不清楚,"艾尔伯特叹了口气,看起来很低落,"不过我猜,指挥一定是向索拉提出请求了,要他让玛格丽特登台。克里斯汀可能演不了卡门了。"

舞台上响起了音乐声,背景布上的酒馆亮了起来,桌上的罐子里有一支蜡烛摇摇曳曳。

一个年老的吉卜赛女人正在给一个客人看手相。姑娘们漫步走着,用

响板召唤着古老的魔法,迷惑住她们的男伴。狂热的节奏掀起的阵阵尖叫声、鼓掌声和笑声,充满了歌剧院。乐器倾斜出一连串恶毒的回旋音,洒在舞台中央的卡门身上——此时,她已经不是第一幕的那个卡门了。

在观众席中,凯厄斯坐在赫伯特旁边,醉心地听着那些美妙的唱段。尽管他们都想要站在克里斯汀这一边,却实在无法拒绝玛格丽特那诱人的声音。她唱出的一字一句都足以证明,她的心和灵魂都已和卡门融为一体了。

她坐在长桌旁,满面忧伤,一遍遍地向唐·何塞重复着爱的誓言,因为他是由于放了自己而被关了禁闭。酒馆的老板里拉·帕斯蒂亚不耐烦了,夜深了,他想赶快打烊。

门外响起一阵喊"万岁"的欢呼声,大名鼎鼎的斗牛士埃斯卡米罗走了进来,掀起一阵掌声,崇拜者们唱着他的英勇事迹。突然,斗牛士开始大声赞美自己,因为他看见了卡门,狂热地伏倒在她脚下。

卡门无动于衷,但那位花花公子却信心满满,发誓有朝一日必定征服她的心。花枝招展的人们簇拥着埃斯卡米罗离开。不一会,两个走私贩来到酒馆,他们要抢走一批货物,但是他们需要三个女人的帮助。他们选中了卡门和另外两个女人,可是卡门表示她坚决不会离开酒馆,因为她已经坠入情网——她心爱的唐·何塞刚被释放出来。

走私贩子相信了卡门的话。为了让卡门能顺利加入他们的行动,他们建议让唐·何塞也加入进来,因为要是那个当兵的也被拉下水,那可就帮了大忙。

唐·何塞感受着四周的自由气息,卡门开始跳舞,热情奔放地为爱人重获自由而庆贺。这时,军号声响起来了,作为士兵,责任在身,唐·何塞必须回到军营里去。卡门故作生气,怒不可遏地要唐·何塞证明他无条件地爱她。她唱着,欺瞒着,满嘴谎言……她声称自己被爱情俘虏,并拿出算命师的玫瑰给他看,她一直把它放在怀里,期待能锁住他的真心。

凯厄斯忍不住怒从心生,他站起来,想去阻止那个笨蛋士兵——他已经被卡门的狡猾把戏耍得团团转了。赫伯特好不容易才把凯厄斯拉回椅子上坐下,让他保持安静和一个观众该有的风度。

卡门颠倒黑白的一张嘴,正描绘着一个虚幻的未来,她要唐·何塞脱离军队,跟她一起到山那边去过自由日子。唐·何塞的声音里充满了怀疑,他拒绝了卡门,决定回到军营里去。但是,随着心仪卡门的苏尼卡中尉步入酒馆,忌妒心控制了他。唐·何塞对着他的上司冷眼相向,音乐配合着他的怒火,走私贩子们趁机制服了中尉。酒洒在卡门和唐·何塞的手上,为他们的结合献礼,曾经老实的士兵,现在已经成了亡命之徒。

这时,音乐声戛然而止,一片寂静笼罩在剧场里。乐手们把乐器放在一边,然后窃窃私语起来,直到指挥佩德罗大声宣布:"我们周一再彩排,谢谢各位!"他把指挥棒放在总谱上面,向乐手们示意,"艾尔伯特,我希望你以后不要再迟到。"

"抱歉,指挥先生,我刚才是……"

"别解释!"

其他乐手都被指挥严肃粗哑的声音吓了一跳。

指挥意识到自己的言行会对乐手产生很大影响,便努力平静下来说:"即使只有一人缺席,交响乐也不会和谐完美。"他又严厉了起来,"每个人都记着点儿,先生们,我需要你们遵守规矩!"

"他怎么了?"福尔摩斯收拾好东西准备离开。

"毫无头绪,也许是首演前的情绪吧,谁知道呢!"

"那么,艾尔伯特,你为什么会迟到?"

"我只顾着写完曲子。"艾尔伯特毫不掩饰,他打开谱夹,取出一叠乐谱,颇为得意地递给小提琴手福尔摩斯。

福尔摩斯认真地读了乐谱:"我来演奏看看,怎么样?"不等艾尔伯特回

答，他就准备好小提琴，演奏起来。他的左手按下优美动听的和弦，右手持着琴弓，轻轻地抚上琴弦，流淌出令人倾心的乐音。

大家都围拢过来，走廊中的克里斯汀也不例外，她沉醉在音乐表达的爱意中，惊奇不已。

几分钟后福尔摩斯把乐谱还给了艾尔伯特，大家从美妙的曲子中回过神来，使劲鼓起掌来。

"真好听！"克里斯汀说，"这曲子叫什么名字？"

"还没想好，《月色皎洁》怎么样？"

"你拿给指挥看了吗？"

"别开玩笑了，夏洛克，"艾尔伯特麻利地收好乐谱和长笛，穿上大衣，戴好帽子，"你知道，我一直梦想着能自己指挥乐队，在观众们面前演奏自己写的曲子，不过，你比谁都清楚，这种机会不太可能出现。"他看着佩德罗和其他乐手一起离开，不由得满脸轻蔑地说，"在那位指挥手底下就更难了，他最怕的就是创新。"

福尔摩斯和艾尔伯特看见佩德罗正和一个同事讲话，他挥舞着胳膊，好像还在指挥似的。

福尔摩斯笑了起来，语气带着讥讽："德彪西还曾经调侃'指挥成这样就像要赶走看不见的灰尘'。"

他俩走回朋友们中间，福尔摩斯看见凯厄斯正拿着他的小提琴，他得意地说："很不错吧？"说着把琴拿了回来。

"是啊，"凯厄斯的目光还黏在琴上，"演奏小提琴很难吧？"

"也没那么难，"福尔摩斯说，"我们演奏出来的乐音是由音阶组成的，它们之间有着很精确的数学关系。当它们这样组合时，就能取悦我们的耳朵。"他一边调音，一边说，"你发现了吗？那些节奏和韵律都是用分数表示的，很多艺术门类都与此相关。"

"要理解这些数学的影响，得先理解音乐的本质，"艾尔伯特说，"劳驾？"他从福尔摩斯手里拿过小提琴，站在凯厄斯旁边，好让他能看清楚这乐器，"这是琴弦，按照拉动力度的不同，它每秒能振动不同的次数，这个叫作频率。而描述琴弦振动幅度的大小和振动强弱的叫振幅。声音的响度与振幅有关，拨动琴弦力度大，振幅越大，声音响度越大。"

"真是不可思议，"凯厄斯说，"我有些朋友还组乐队呢，我看他们肯定不知道数学和音乐之间的这种联系。看他们数学考得那么糟就知道啦！"

"这你可错了。"艾尔伯特冲着福尔摩斯挤挤眼睛。

福尔摩斯狡黠地一笑："正如有人所说，'音乐是心灵的数学练习，不知不觉，无影无踪'。"

歌剧院即将关闭，工作人员用白色的布罩住了红色的天鹅绒扶手椅。聚光灯渐渐暗了下来，五颜六色、影影绰绰的灯光看上去是那么不同寻常。凯厄斯看着这样的变幻：刚才还如同梦幻般的世界，现在已被清一色的白布取代，像是一个个幽灵迫不及待地抢占着正厅的座位。福尔摩斯牵着克里斯汀的手，和艾尔伯特、赫伯特、凯厄斯一起离开了剧院，把一片漆黑关在了身后。

第七章 暗巷中的秘密

　　街角亮起了汽灯，夜色将它的黑色斗篷笼罩到路上。一辆电车从位于巴黎制高点的歌剧院蜿蜒而下，驶入了蒙马特①，这里的泥土路都被来夜总会休闲消遣的男男女女踩踏结实了。

　　凯厄斯有点儿焦虑，因为福尔摩斯和赫伯特正为了自己在哪儿过夜的事情争执不休。福尔摩斯坚持认为应该把这男孩从没完没了的物理理论中解放出来，他从剧务那里借来的大衣又大又沉，但为了不让凯厄斯一身花花绿绿的现代服装惹人注目，也只能这么着。克里斯汀思索着自己不顺当的事业，和艾尔伯特随意浏览着橱窗，尽管好多商店都已经打烊了。在一家有着黑色阳台的商店门前，她看见了一些朋友们的画作，其中的一幅上面签着"凡·高"。那些画被困在小小的画廊里，局促得都要发霉了，就那样等着阳光问津，这让克里斯汀的心里涌起一股忧伤。

　　咖啡馆里人满为患，一些上了岁数的乐手站在人行道上，拉着手风琴，

────────────────

　　①蒙马特，位于法国巴黎市十八区的一座约130米高的山丘上，在塞纳河的右岸。蒙马特高地著名的旅游景点有白色圆顶的圣心教堂、圣彼埃尔教堂、小丘广场、皮嘉尔广场、洗濯船等。许多艺术家都曾经在蒙马特进行创作活动，包括画家萨尔瓦多·达利、阿梅代奥·莫迪利亚尼、克劳德·莫奈、巴勃罗·毕加索与文森特·威廉·凡·高等人。蒙马特也出现在许多电影场景中。

为那些临窗而坐的青年男女奉上一幕浪漫。还有些疯疯癫癫的人以破坏为乐，他们敲碎了灯柱上的路灯，留下一片漆黑。尽管有些不安，但福尔摩斯和朋友们都没说什么，在令人不自在的黑暗里，只有沉沉的脚步声。

这时，福尔摩斯凭着直觉发现有什么事情不对劲，他回过头，瞥见一个巨大的阴影一闪而过。他什么都没说，只是加快了脚步，想把朋友们带离这里。赫伯特固执地要他解释为什么突然加速，显得这么唐突和不优雅。福尔摩斯却没回答，暗自希望他别再出声。

巷子深处响起了一丝声音，这位未来的侦探立即警觉起来。他打手势让同伴们停下别动，自己走了过去。大家不明就里，但还是照做了，他们紧张地看着彼此，又看着福尔摩斯。但克里斯汀却不管那一套，她追过去看了看，很快就跑回来说，那里只是有些翻倒的垃圾桶。

于是大家继续往前走，马上就要到克里斯汀所住的那条街了。这时，所有人都看见前面有一个男人的黑色剪影，他高大、强壮、衣冠楚楚，戴着一顶宽边帽，黑色的斗篷搭在马车上。

"救命！"

赫伯特和艾尔伯特一惊，四下一看，发现克里斯汀和凯厄斯不见了。他们循着叫声的方向跑了过去，看到克里斯汀吓坏了，而凯厄斯倒在地上，一只胳膊被一条又大又凶猛的黑狗咬住了。他绝望地挣扎着，想把胳膊从锋利的牙齿间拽出来。赫伯特和艾尔伯特连忙上去帮忙，但那条狗怎么也不肯放开它的"猎物"。幸亏福尔摩斯赶来，脱下大衣罩住了狗的脑袋，这才没有酿成更可怕的结果。他回头张望，看见一只大手从阴影中伸了出来。那条狗突然挣脱了大衣的束缚，跑向它的主人。那个躲在暗处的人等狗跑近，就牵住它的项圈，上了马车，消失在夜色中。

福尔摩斯和赫伯特追了几步，但很快意识到不可能追上。于是他们又跑了回来，看见克里斯汀正把凯厄斯从地上扶起来。

"你怎么样了？"克里斯汀不敢碰凯厄斯的胳膊。

"没事，"凯厄斯喃喃道，"幸亏有这件大衣，它救了我。"

"亲爱的凯厄斯，"赫伯特摘下帽子，抓抓额头，"你真是幸运，不可思议的幸运，那个魔鬼本可以咬掉你整只胳膊的！"

"等着瞧吧，"凯厄斯站起来，怒气冲冲地说，"要是让我再碰到那条狗的主人，我一定要他好看！"

"一条训练有素的狗的主人。"福尔摩斯补充道。

"你说'训练有素'是什么意思？"赫伯特问。

"你们有谁注意到那人拿着什么奇怪的东西了吗？"

"不是很确定，"凯厄斯活动着受伤的胳膊说，"也许是一根香烟，啊，等一下……那东西闪闪发光，应该不是香烟，看起来是金属做的。"

"你答对了，是哨子。他通过吹哨子来命令他的狗，指挥它的行动。那是个狗哨。"

"我知道了，"凯厄斯插嘴道，"那种哨子不会发出声音。"

"人的耳朵是不会听见那种低频哨音的，"福尔摩斯说，"但是用来训练狗却很有效。"

"如果那条狗是训练过的，那么它攻击我们会不会是有意的？"克里斯汀担心地扶着凯厄斯，帮他拍掉衣服上的尘土。

"很有可能，亲爱的。"

"夏洛克，"艾尔伯特说，"会不会是凯厄斯无意中激怒了那条狗，它才冲过来咬人的？主人看见情况不妙，所以吹响狗哨召回他的狗。"

"也有可能，艾尔伯特，但是，从现在开始，我们必须警觉一点儿了。"

"没错，我非得找到那家伙不可！"凯厄斯愤怒地说。

"过来，"福尔摩斯说，"别放在心上了。不过这种事更能证明，你今晚应该住在我家。这就是结论。"

"啊,不,夏洛克,"赫伯特急忙说,"这孩子可以去我那儿。"

"然后用你那善解人意的科学论题陪伴他整晚吗?"福尔摩斯反驳着,一把拉过凯厄斯,"我看还是免了吧,至少他在我家可以好好休息。"

"好吧,好吧,"赫伯特举起双手表示投降,"我不再问不就行了吗?那明天呢?我们要去莫奈家吃午饭吗?他可是很热情呢,是吧?"

"嗯,我们应该去看看。"福尔摩斯扭头看见凯厄斯正紧紧握着拳头,好像在庆祝这一决定似的。他又问:"你觉得几点出发好,克里斯汀?"

"呃,抱歉,我去不了,"克里斯汀说,"我和费里尼教授约好了。他的课虽然有点儿贵,但很值得一听。"

"你确定?"

"确实是这样,亲爱的。和他一起歌唱能提升我的唱歌技巧,而且现在我不得不回到合声部,这也能帮我忘记那些难过事儿。"

"那你就去吧。"福尔摩斯抱了抱她。

"那你呢,艾尔伯特?"赫伯特满怀期待地问。

"我倒是很想去,"他看了看那对爱侣,"但我还要继续打磨我的曲子呢。"

"那好吧,就这样,"赫伯特说,"我、夏洛克、凯厄斯,我们仨七点钟在车站碰面。照顾好那孩子啊。"他说着,转身和艾尔伯特一起走了。

福尔摩斯和凯厄斯把克里斯汀送回了她的公寓,他们向下看着街巷,这次,没有任何异样出现。

第八章 光影与时间

早上八点十六分，一列蒸汽机车驶离了圣拉扎尔火车站。赫伯特频频看表，终于确认这趟车确实是晚点了。餐车的车窗把一望无际的田野勾勒成一幅幅风景画，福尔摩斯和赫伯特舒舒服服地坐着聊天，凯厄斯正狼吞虎咽地吃着巧克力。他们在吉维尼那一站下了车，又租了一辆马车，沿着泥土路颠簸摇晃着往前走。

在漫长疲惫的车马劳顿之后，他们终于离莫奈的房子不远了，但要想进屋，他们还得穿过一个花园。花园里草木繁盛，浓淡相宜，灌木丛在微风的吹拂下如同海上的波纹。在这样的背景之上，一座粉色的房子掩映其间，就像一幅莫奈自己画的画，然后充满魔力地把人都吸了进去。

爱丽丝在门前迎接他们，还有八个披挂着树枝、树叶的小孩。

"请原谅孩子们的无礼，"爱丽丝红着脸说，"前几天，几个贼偷走了我们最好的鸡，孩子们便决定站出来保卫家园了。说真的，我也不知道该怎么办才好。"

"都是您的孩子吗，夫人？"赫伯特问。

"啊，不是的。这六个是我的孩子，前夫突然抛弃了我们，要不是莫奈和卡米耶帮助我们找到了容身之所，我真不敢想象我们会有多惨。上帝保佑

好心人吧！那个拿着吊索的是迈克尔，和苏珊说话的是吉恩，他俩是莫奈的孩子。我们还是别说这些了，进去见见其他的客人吧！"

爱丽丝引着他们三个步入了色彩的海洋中。

他们很快就看见，塞尚正在狂饮，围着桌子手舞足蹈。桌上摆着一大碗水果，鲜嫩欲滴。德加独自待着，看着孩子们在不远处玩儿。凯厄斯慢慢地和孩子们熟悉了起来：吉恩正准备为午餐抓几只青蛙来加菜；马尔特在照看宝贵的母鸡；布兰奇正贴心地把莫奈的画具装进手推车里，她已把他当成了亲生父亲；迈克尔把吊索塞在口袋里，正和杰曼拔除野草，保持花园的整洁；雅克在围着花园骑脚踏车玩儿。

当凯厄斯和他的两个朋友看到雷诺阿和莫奈时，不禁大吃一惊，因为他们正把画布丢到火里烧掉。

"你们这是干什么？"赫伯特问。

莫奈直勾勾地盯着火苗，痛苦不堪地说："我再也受不了了，光线、光——我彻底输给它们了。"他又点着了一幅画，"那些出现在视野里的珍贵瞬间，究竟怎样用笔触表达出来呢？我实在承受不住了，光，每时每刻都在变化啊！"

"我们太过关注光线了，以至忽略了别的。"雷诺阿充满矛盾地说，"我不想再在户外绘画了，光线吞噬了其他的形式，到最后只剩下光了！"

他心神不安地走向他的太太艾琳和他们刚出世不久的孩子。他小心地俯身吻着爱人的栗色卷发，然后突然像被某种灵感附体了，他冲到一张空白的画布前挥毫泼墨，画下令他悸动的景象。此时此刻，不管多么精致的花园，都不能与他感受到的相提并论。

"印象，这不就是你追求的吗？"赫伯特试图抢救出一些没完全烧坏的画，"在你们之前，还没有谁能成功地将时间凝固起来，感受真实的存在……你想就这样放弃吗？"

"真实的存在？"莫奈喃喃自语，"过来，孩子，"他把凯厄斯拉到池塘前，"你看水里有什么？"

"呃，我看见，那个……"凯厄斯抖着脚，想放松点儿，"我看见我的倒影，确切说的话……我的……过去。"

"你的什么？"莫奈扬起的眉毛活像两条大毛毛虫。

"我'看'的方式。"凯厄斯略显得意地看着他，解释道，"当我们看着镜子，在光线传播反射的那一刻，我们自身和我们的影像就分开了。虽然这时间上的间隔非常非常短，但那个影像仍然是我们的'过去'。就像星星，它们离我们很远，光线要经过很久才能到达我们的眼睛，所以，当我们最终'看到'星星的时候，它们可能早就不存在了。"

"嗯……"赫伯特点点头，"有趣的想法。"

"确实有意思，你这聪明鬼，"莫奈语气里略带着嘲讽说，"不过我说的不是这个。"

"呃，不是？"凯厄斯一头雾水。

"你能抓住他的倒影吗？"

"当然不行。"赫伯特笑着说。

"所以你得承认，真实是由虚幻构成的。倒影、云、天空、星星、光……还有色彩……我们看这个世界的方式，受制于我们的思想。我们的视力，实际上是非常有限的。我们必须学着闭上眼睛，只在某个时刻睁眼一瞥。或许只有这样，我们才能抓住所谓的真实。光，是一个极大的挑战，在一瞬间，它只会留下个模糊的印象。倒影，只是一瞥所得而已。"

"老天，莫奈就是一只眼睛！"塞尚把玻璃杯用力一丢，拍掌大笑，"像望远镜一样的画家！他抓住的景象，你们这些凡夫俗子根本看都看不到！好好看看你们周围，这个世界，处处都能给人特别的印象。但是总有些人，宁可转过身什么都不看，却坚称我们画的不过是些离经叛道的玩意儿。我们的

作品不正常,我们也被当成怪胎。人们拒绝新的理念,他们只承认没有光影的色块。在他们那儿,画画就是照样描摹,跟照片没什么两样。伟大艺术家的作品竟然要这些俗人来品评,还革新个屁啊!"

"怪胎?我们?"莫奈拍着塞尚的背,轻轻摇晃着他,"我看光线才是怪胎吧,它简直把我弄疯了。它不停地改变所有颜色,改变所有我刚看到的东西。"

"我亲爱的印象派朋友们,"赫伯特张开双臂宣布说,"你们是达尔文进化理论的奠基人,这就是你们的贡献!"

"啥?"凯厄斯问。

"简单地说,这个理论认为,不同物种的幼体彼此之间为了生存激烈竞争,能活下去的那些才有权利传宗接代。它们通过遗传,将适应自然变化的能力传下去。所以在适应环境这方面,每一代都比上一代更强,这就直接导致了物种的进化。"

"确实如此,"塞尚赞同道,"但是这进化有什么用?"

"嘿,我有个主意,"赫伯特说,"你们每个人都画下眼前所见,这样就能知道你们进化得怎么样了。"

"见鬼!"

"怎么了,雷诺阿?"莫奈朝着生气的画家走过去。

"该死的关节炎!"雷诺阿咬牙切齿地说,他的一只手扭曲着,画布掉在了地上,"我的手……它不听我使唤……"

"歇一会儿吧,雷诺阿!"雷诺阿的太太说。

"不,艾琳,我才不会屈服于这该死的疼痛,说停就停。它控制不了我。别担心,我还可以用左手画。"

大家把雷诺阿留给他太太照顾,然后就照赫伯特建议的,每个人都找了自己最感兴趣的地方坐下来,开始写生。

赫伯特充当了评论者,他在画家们之间走来走去,鉴赏着他们的户外作品。不用说都能猜到,每幅画都能跟他的时间理论联系起来。

莫奈的画是在他的漂浮工作室上完成的,那是一艘带有小木屋的小船,载着他在池塘里任意漂流,船上还有彩色的船篷,保护他的画免遭太阳炙烤。在他的作品中,云朵的纹理给人一种超越时间的印象,矗立着的树披着光影,使人的目光不自觉地停留在深不见底、蓝得泛白的水面上。接着,视线又被引向画面中的小船。船里坐着一位年轻的女士,她的轮廓是用小色块、小斑点和几缕线条构成的,几乎和水面融为一体。池水荡漾着,流向远方。

赫伯特的脑袋左右摇晃着,看着莫奈的这幅画:"如果哪天我们真的能在时间中旅行,那就必须接受关于空间的新概念,"他说,"那个空间是没有边界的。这和欧几里得①几何讲的完全不同,比如'两点之间直线最短'什么的。我们不能再和平面纠缠不休了,得开辟新的视野才行。对了,就像叠起一张纸。看!两点之间还是直线最短吗?不!这两点已经重叠起来了啊!空间,不就像一张没有边界的纸吗?在某种条件下,它一定也能折叠起来的!那样我们根本不用挪动脚步,就能从一端到达另一端了!"

"折叠的空间?"凯厄斯一笑,"我好像在哪儿听说过这个。"

"我想也是,亲爱的旅行者。这只是个关于时间的疑问,人们一定能提出更有创意的答案的。"他冲着凯厄斯眨眨眼。

塞尚画的正是莫奈的那个漂浮工作室。因为小船不是静止的,所以在他的画里,从不同的角度看,小船也是摇晃不停的。赫伯特对这种效果非常感兴趣,那看起来就好像是一个盲画家用一种鲁莽的笔触,同时描绘出不同的位置。

----

①欧几里得(约公元前 330 年—公元前 275 年),古希腊数学家,被称为"几何之父"。他最著名的著作《几何原本》是欧洲数学的基础。

"脱离了时间的空间……什么都不可能存在。我可以做一座有长度、宽度和高度的雕像,它是三维的,就算把它扭曲也没问题。但是,如果没有时间,任何物体都不可能存在,哪怕是个简单的立方体。时间……时间必须被计算在内! 我们得把它看作第四维度!"

雷诺阿暂时忘记了恼人的关节痛和与光线的抗争,转而寄情于他的模特:艾琳正在给他们的孩子小皮埃尔喂奶,柔和的彩虹般的光芒笼罩在他们周围。雷诺阿从调色盘上选了明亮、温柔的颜色,画布上的形象比模特本人要浓重得多,连地上的阴影也是饱和的深蓝色。

"这就像是当我们完全穿越了空间和时间并一往直前时,往往会把那些美好的、特别的时光抛在脑后。"赫伯特思索着,"幸好,有这些画家,帮我们带上这些充满爱的记忆的行李。"

德加画的是远处正乐此不疲赌马的绅士们,他试图记录下所有物体的移动,不耐烦地在画布上涂刷着。

"你是怎么做到的?"赫伯特一脸惊讶地盯着他的画,只见在每匹马的轮廓之外,德加又多画了好几笔,用来表现马刚才所在的位置,就像是某种即时艺术。"没人能比你更好地凝固住时间了,坏脾气的老家伙,"赫伯特看着惊讶的德加,继续说,"我们看人也好,看物也好,总是把他们当作一连串静止的姿势,反而没人在意他们'此刻'的存在了。这么多人乱哄哄的,你怎么会有如此特别的感受呢?"

没等德加回答,赫伯特就来到了最后一幅画跟前,他忍不住大笑起来:"小伙子,原来你才是最怪的! 我敢说你画的一定是另一个怪胎——莫奈!"

在凯厄斯的画里,莫奈长着三个脑袋,至少二十只胳膊,同时对着好几张画布作画。

"是啊,"凯厄斯说,"他总是叫爱丽丝'再来一张',好像他一直就画不完似的。"

"唔,我同意,"赫伯特说,"你说得一点不错。莫奈就像长着三个头的怪胎,和难以驯服的光线不停斗争,而武器就是他的画布。他简直一秒钟都不愿意浪费哩!"

"你知道吗? 这种一张接一张的图画,让我想到了电视里的卡通。"

"电视?"赫伯特不明就里①,"莫奈像你这么大时,凭着给同学画漫画可挣了不少钱,他还靠这个挣到了来巴黎学画的路费。"他自豪地对凯厄斯说,"如果你以这些画为生,是绝不会饿死的。"

"饿死?"莫奈插嘴道,"可不能让人饿死在我家里! 先生们,进屋去吧!今天,你们将见证光彩夺目的烹饪艺术!"

"太好了,"凯厄斯说,"画了这些画,我可真快饿死了!"

大家往莫奈的粉色屋子走去,半路上遇见了福尔摩斯。他们这才发现,不知什么时候,他竟然没打招呼就溜出去了。福尔摩斯用手枪指着走在他前面的两个人,这把大家搞得紧张起来。

"我的天,这到底是出什么事儿了?"爱丽丝跑过来,后面还跟着孩子们,她问福尔摩斯,"你为什么用枪指着他们?"

"别担心,夫人,"福尔摩斯说,"这枪只是借的,好把这两个恶棍送到监狱里去。"

"他们怎么了?"

"哈哈,赫伯特,多亏了你的好主意,我才抓到这两个想偷鸡的家伙!"

"我的主意?"

"'每个人都画下眼前所见。'"福尔摩斯学着赫伯特的口气,"发现这两个形迹可疑的家伙在房子附近转悠,我便跟踪了他们。"

"不可思议! 但这跟画画有什么关系?"

---

①第一台电视机面世于 1924 年,由英国的电子工程师约翰·贝尔德发明。在书中的年代,电视机尚未被发明,故赫伯特不明白电视是什么。

"关系密切！"福尔摩斯举起他的杰作，"至少帮我抓住了我的'眼前所见'。"原来，他为胖母鸡们画了一幅足以乱真的素描，然后把画挂在鸡笼外面，引诱两个偷鸡贼来到鸡笼前。

"你可真够狡猾的，夏洛克。"莫奈赞赏地看着那幅画，"行事如此不按常理，很有艺术家的风范嘛！"

"一点儿不错，"德加说，"绘画也需要各种诡计和花招，就和犯罪分子所做的差不多。"

莫奈把客人们带到餐桌旁坐下，桌上摆着款待他们的特制鳟鱼大餐。镀银餐具和餐巾摆放得一丝不苟，简直精确到了厘米；翠绿色的沙拉点缀在主菜周围，放在莫奈自己烧制的黄蓝相间的瓷盘上，如同一幅油画。当凯厄斯看见蓝色、白色的房间也和餐具和谐搭配的时候，他觉得自己也变成了莫奈画作中的一部分。

和谐优雅的色调，桌边的各色人物，这一切都令凯厄斯开心不已。他学着其他客人，装模作样地坐在那儿，脖子上还围着白色的餐巾。

在大餐的尾声，小布兰奇去厨房端来了餐后甜点。她捧着个超大的盘子，跟跟跄跄地撞到了正在屋子中间打盹儿的猫。凯厄斯一下子跳起来，想在布兰奇摔倒前抓住她……

"不——"

桌布的一角缠住了凯厄斯脖子上的餐巾，这下，所有的餐具都被拉了下来，食物撒得到处都是。

"我的餐桌呀！"莫奈望着满地的盘子碎片，绝望地抓着头。

"对……对不起，"凯厄斯尴尬地跪在地上，抓着两半瓷盘碎片，想把它们拼起来，"这是个，嗯，意外……"

"你、你、你！"

凯厄斯立马扔了盘子，以他这辈子能达到的最快速度拔脚开逃。暴怒

的莫奈追在他后面,眼看就要抓住他了。就在这时,门铃响了。

贝尔特·莫里索和左拉被爱丽丝迎进了餐厅。

"你们能来真是太好了！可惜的是,大餐已经完蛋啦！"爱丽丝看着莫奈,咯咯地笑了起来。

"真不幸,没赶上享用你们的殷勤款待,"左拉看着餐厅里的一片狼藉,闷闷不乐地说,"很抱歉,给大家带来了坏消息。"

"怎么了？"爱丽丝问。

贝尔特安慰着她,左拉走进了餐厅中间。所有人都盯着他看,塞尚有点儿不太自在起来。

"现在不是吵嘴的时候,老朋友,"左拉说,"我们把那些不同见解暂时放下吧。"

塞尚感觉到屋里的氛围沉闷凝滞,意识到那可能真是个极其不妙的消息。

左拉站在房间的正中, 用一种饱含深情的声音说:"亲爱的朋友们,今天,对于整个法国来说都是个令人不快的日子。从这一天起,我们将暂别那些精致深邃的字句、洞悉人心的描写以及对社会不公的控诉。这对于每个热爱文学的人来说,都如同失去了家园。"

莫奈坐了下来,仿佛要为接下来的坏消息做好准备。

"我们诚挚的朋友、小说家维克多·雨果,今天去世了。"

第九章　葬礼黑影

　　这位伟大小说家的辞世震撼人心。尽管他是 1885 年 5 月 22 日去世的，但守灵仪式直到 6 月 1 日才结束。这天，从四面八方赶来的两百多万人挤满了大街，灰暗阴沉的天空应和着人们的眼泪。盛装的送葬队扶着灵柩，马车以沉缓的步速前行，所到之处，人们便让开一条路，默然垂泪。他们跟在灵车后面，缅怀这位用文字为穷苦人发声的伟大作家。满载着怀念和悲伤的灵车经过了凯旋门，每一个人都那样心痛难当，尽管雨果在晚年停止了写作，但这仍不能减少人们对他的爱戴和尊敬。

　　在黑压压的帽子和雨伞中间，福尔摩斯、克里斯汀和艾尔伯特艰难地靠近其他的朋友，跟在未来的侦探身后的凯厄斯几乎要被推来搡去的人群逼疯了。

　　突然，凯厄斯觉得有什么锋利的东西刺进了他的背，这辈子从未有过的剧痛立刻蔓延开来。他本能地回过头，看到袭击自己的是一个戴着黑色宽边帽的高个子男人。那人迅速隐入送葬的行人中，无影无踪了。

　　福尔摩斯抓住凯厄斯，脸上的表情从疑问转为了震惊。凯厄斯手上全是血，倒向福尔摩斯的时候，他的眼睛都几乎失焦了。

　　一个女人看见了滴在地上的血，马上尖叫起来，人群立即乱了套。人们

大惊失色,慌乱地互相推挤着。

福尔摩斯费了好大的劲儿,才把凯厄斯从人群里拉了出来。

凯厄斯拼尽力气,死死地抓着福尔摩斯,觉得自己简直要在这乱糟糟的人群里送命了。他的力气一点点消失,视线也越来越模糊,最后只剩一片漆黑……

梦境里显现出一张苍白的脸,凯厄斯费劲地想辨认出,他是不是在对自己讲话。

"欢迎活着回来。"一个充满磁性的声音响了起来。在后面的屏风上,搭着一件脏兮兮的黑色大衣。

凯厄斯努力想看清楚:"这是怎么了?"他觉得又晕又想吐。

"你被刺伤了,孩子。"一个白头发的老人说道。他满脸皱纹,脸颊红扑扑的,微微有点驼背。他一边俯身看着躺在沙发上的凯厄斯,一边用白毛巾擦掉手上的血迹。

"再多几厘米,就会刺穿你的肺了。"

凯厄斯认出来了这个声音——艾尔伯特的!

"你想把我们吓死吗?"福尔摩斯一脸关心,旁边是微笑着的克里斯汀,"今天的葬礼已经够多了,你说呢?"

"这是哪儿?"凯厄斯努力用干巴巴的喉咙发出声音。

"歌剧院,"福尔摩斯说,"这是能救护你的最近的地方。克里斯汀马上请来了奥特拉兹医生。"

凯厄斯看见那个红脸颊的老人正站在桌子旁边,把医疗器具收拾起来。

"艾尔伯特和我一直在为你止血。"奥特拉兹说。

"我晕菜了多久?"

"'晕菜'是指'失去意识'吧?只是几个小时而已。"

"你失了很多血,"艾尔伯特站在克里斯汀旁边说,"幸好,那个袭击你的人不是很专业。"

"他怎么样啦?"赫伯特一头闯了进来,"噢!我看,你是恢复意识了!凯厄斯,你看见那个行凶的人了吗?"

"冷静点儿,赫伯特。"艾尔伯特说。

"你看见那人是谁了吗?"赫伯特根本没理他。

凯厄斯没有回答,只是挣扎着想要坐起来。

"这可不行,小伙子,"奥特拉兹医生按住他的肩膀,让他躺了回去,"在伤口完全愈合前,你得静养。"

"凯厄斯,你看见了吗?"福尔摩斯冷静地问。

"我只看见一个戴宽边帽、穿黑斗篷的人,我还没弄清楚发生了什么,他就跑了。他很像袭击我们的那条狗的主人。"

"还有什么?"福尔摩斯坚持问道。

"他不应该说太多话。"奥特拉兹医生皱着眉头。

"我不能确定,"凯厄斯看上去似乎很疼,"他好像……他的脸上,好像有些……绿色。"

"绿色!"那个名叫玛戈特的芭蕾舞者站在门口,用颤抖的手捂住了嘴,"那是幽灵的面具!袭击你的是歌剧院幽灵!"

"上帝啊!"玛戈特旁边一个穿着吉卜赛服装的女人惊叫,"歌剧院幽灵要杀人?那可真不像他的行事风格,是不是?"

"别说了,瓦尔基里,"艾尔伯特拉住克里斯汀颤抖的手,"那只是街谈巷议罢了,我们没必要害怕。"

"那这到底是怎么回事儿?"玛戈特站在凯厄斯旁边,努力让自己冷静下来。她温柔地用手理着凯厄斯的乱发,这让凯厄斯很不自在地往后躲了躲。

"我们必须着手调查，找出事情的真相，"赫伯特看着福尔摩斯说，"得和警察好好谈谈，弄清楚这家伙干吗总和凯厄斯过不去……"他眯起眼睛，伸出手指警告玛戈特和瓦尔基里，"谁也不能把幽灵意图谋杀这件事说出去，女士们，就到此为止，怎么样？"

那两个姑娘抬头看着天花板，像是没听见这不合情理的要求。

福尔摩斯却微笑着说："希望你尽快好起来，不要缺席我和克里斯汀的婚礼。"他不动声色地把克里斯汀的手从艾尔伯特的手中拉回来，继续说，"我们已经定好了婚期。"

屋里响起一片祝福声，艾尔伯特只是浅浅一笑。

"婚礼会在十二月底举行，福尔摩斯太太，你意下如何？"

克里斯汀扑进他的怀里，两人幸福甜蜜地拥吻着。克里斯汀转身兴奋地说："玛戈特，瓦尔基里，你们来当我的伴娘吧！"

"真是太棒了！"玛戈特说，"两个婚礼！"

"两个？"艾尔伯特睁大眼睛，"什么意思？"

"你没听说吗？"玛戈特轻拍着凯厄斯，对这八卦产生的效果十分满意，"玛格丽特说齐柏林伯爵①向她求婚了，不过问题是……"

大家面面相觑。

"呃，他想让她放弃演员生涯，陪着他周游世界，然后在德国定居。"

克里斯汀走近玛戈特："所以，那枚戒指是齐柏林伯爵送的了？"

"玛格丽特自己也不确定呢，"瓦尔基里说，"她说伯爵没提起戒指的事儿，她也就没提，怕引得伯爵吃醋。"

"夏洛克！"克里斯汀急切地说，"我们就在歌剧院举行婚礼怎么样？可

---

①斐迪南·冯·齐柏林伯爵(1838—1917)，德国贵族、工程师和飞行员。他是人类航空史上的重要人物之一——他发明了齐柏林飞艇(Zeppelin airship class)，同时他还创建了齐柏林飞艇公司(Zeppelin airship company)。

以把艺术圈里所有的朋友都请来,艾尔伯特还可以演奏他作的曲子。这将是最盛大的剧目!夏洛克,他们都是我们的家人啊,你觉得怎么样?"

"悉听尊便,我的女神。"

福尔摩斯和克里斯汀幸福地拥抱彼此,全然忘了屋子里的其他人。

突然,重物掉落的声音惊扰了这幸福的一幕。艾尔伯特被这对秀恩爱的新人弄得有点儿走神,以至过了一会儿才看见地上闪着银光的外科手术刀。奥特拉兹医生正忙着把他的器械收拾整齐,他站起来,慌慌张张地准备离开。在出门之前,他从包里翻出一沓黄色的纸,匆忙地撕下一张递给凯厄斯。

"孩子,拿着这个,"他公事公办地说,"按照上面的医嘱,记得按时吃药。"

凯厄斯很费劲地想要看明白上面的手写字,但最后还是放弃了。他谢过了医生,把纸条塞进他的百慕大短裤的口袋里。

奥特拉兹医生转向玛戈特,冷冷地说:"我的病人会得到很好的照顾的,对吧?"

玛戈特红了脸,轻轻地咳了一下。

奥特拉兹医生转换了话题:"你的腿怎么样了?"

"彻底好啦!我已经能上整堂练习课了!"

奥特拉兹医生拉拉她的辫子,向大家挥挥手,就离开了。

几分钟后,一个穿着长围裙的女人走了进来,她端着托盘,上面放着茶杯和茶壶。

"啊,玛莎!"玛戈特使劲儿嗅着那随之而来的巧克力香气,"你带来了诱惑!"

"还有茶,小姐。"

"我等了几百万年了!"玛戈特给自己倒了一杯巧克力,"我已经节食一星期了,但今天,我可要喝下这甜蜜的罪恶!"

玛莎又为凯厄斯倒了一杯,玛戈特扶他坐了起来。

"听说你受伤了,"玛莎把茶杯递过来,两手握在一起,严肃地问,"严重吗?"

凯厄斯很奇怪——这位头发花白、戴着浆洗过的帽子的小个子女人,未免太紧张了。

"他会好起来的。"玛戈特说。

"谢天谢地!"玛莎用长满老茧的手抱着肩膀,"你看到是谁干的了吗?"

凯厄斯摇摇头。

"你叫什么名字,孩子?"

"凯厄斯·奇普。"

"凯厄斯·奇普!"玛莎一脸震惊,"凯厄斯?"

福尔摩斯挑起眉毛:"他的名字有何问题吗?"

"不不,当然没有,我只是觉得……有点奇怪。"玛莎有些困窘地说,"你是……你是从哪儿来的?"

"他是我的远房亲戚,"福尔摩斯打断她,"已经在我家住了一阵子了。"他看出玛莎焦急地想问更多问题,便把她拉开,说道,"能否为我们卧床的朋友做些汤呢?蔬菜加上鸡肉的那种汤,真是美味至极。"福尔摩斯把她推到门口,看着她离开了。

"好吧,"赫伯特掏出他的怀表看了看,"我也该走了。凯厄斯,照顾好你自己,多休息!"

"我讨厌躺着无所事事。"凯厄斯叨叨着。

"无所事事?那读点儿书怎么样?或者,解谜呢?你喜欢猜谜吗?"

"解谜……"凯厄斯撇撇嘴,"那要看是什么样的谜。"

"让我想想,"赫伯特思索着,"这个怎么样?一个房间里有三个照明开关,其中只有一个开关能控制隔壁的灯泡。如果只能开门一次,那么怎样找

出这个开关？"

"这太简单了，我一次门都不用开。只要打开开关，站在楼下看看不就好啦！"

"你这个傻瓜，"赫伯特失笑，"这是作弊。"

"那可以让门一直开着吗？"凯厄斯问。

"不行。"赫伯特说，"不用忙着回答，现在就好好利用你的闲暇时间，动动脑子吧！"

赫伯特和艾尔伯特走了。在离开前，艾尔伯特还提醒他们不要忘了第三幕的彩排时间。

凯厄斯听着各种各样的声音渐渐远去，他的眼皮越来越重，慢慢地沉入了深深的睡梦中。

第十章 歌剧院惨案

夜幕降临了,街灯星星点点地亮了起来,街上的人匆匆忙忙,投下半明半暗的光影。灯光勾勒出山的影子,轻柔的长笛声应和着摇晃的树叶,道路直通向一片漆黑。流浪者之歌的音乐表现出一幅危险的爬山景象。

"无所畏惧地前进,"走私贩子们合唱着开路,"危险在头顶,看着脚下路……"

长笛的声音越来越高,小提琴和双簧管配合着。

一队人马停下来休息,一人拿着提灯,照亮了卡门愁苦的脸。她坐在地上,背靠着一块石头。

凯厄斯好像飞起来了似的。他冲着演员们微笑,冲着那因灯光遮挡而没发现他的吉卜赛女郎微笑。他环绕着舞台,飘向了背景画着的山峦中。

热烈的颜色在他面前铺开,幻化出橘色的天空、红色的陆地,点缀着蓝色的群山。沙地中央出现了一座楼梯。伴着乐队的演奏,凯厄斯拾级而上,却什么都没发现。他只是坐着,向下俯瞰。在背景后面,他看见一个像是用金子打造的巨大怀表。

鹅卵石从四面八方升上天空,旋转着,渐渐变成绿色。这旋涡汇聚成一张面孔——沮丧的卡门。一个个金色的囚笼从沙地中升起,笼中有一只红

色的鸟儿,它拍着翅膀,想从打开的笼门飞出去。巨大的纸牌像飞毯一样飘浮在空中。

"硬币!梅花!"卡门的声音继续传来,"无情的纸牌,已宣布了命运——死亡!"她的眼里满是恐惧,却还是唱出了她看见的预兆,"纸牌明示,先是他,再是我!"

小提琴和大提琴的声音表达着悲伤的情绪。她懊悔地唱道:"我本该停下来,重新洗洗牌!纸牌不说谎,我看见了死亡!"

唐·何塞忌妒的面孔幻化成黄色的云雾,飘过沙地。同时,一条河出现了,勾勒出那位爱慕着卡门的斗牛士的脸。清澈的河水冲刷着石头,石头雕刻成卡门的模样,一点点消逝。

那只红色的鸟儿冲出了牢笼,飞向河水中漂浮着的心脏——那曾属于斗牛士埃斯卡米罗的心脏,如今渐渐沉没。

在消失之前,那颗心冷冷地穿进了黄色的云雾,刺穿了唐·何塞的双眼。那云雾掀起了痛苦的雷鸣,降下泪水的暴雨,冲刷着卡门的石像。由石块雕成的卡门,质问着因忌妒而疯狂的唐·何塞。它重重跌进河流,和新欢埃斯卡米罗融为一体。

泪水化作透明的雨,将沙漠浸透,变成一片狂怒的红色。

撕碎的纸片漫天飞舞,每一块纸片上都画着一部分素描,它们翻转着,慢慢拼凑成一幅巨大的画:一只侧向的眼睛俯瞰着另一只眼睛,坑坑洼洼的嘴紧贴着左耳,极其细长的脖子支撑着这张错乱的脸孔。

凯厄斯看着飞舞着的最后一张纸片,天空中电闪雷鸣,充斥着唐·何塞愤怒的吼声。纸片上是一只满是黑斑的张开的手掌,它渐渐停下来,将那幅巨大的画像拼完整。张开的双手释放着唐·何塞的痛苦,他期待着爱人能回心转意。黑白两色的帆布重叠交错着,绝望的祈祷声汇成一首超现实主义的挽歌……

"啊——"远处突然响起女人的尖叫声。

"不好,出事了!"一个男人果决地说,"快去叫医生!"

叫声和脚步声惊醒了凯厄斯,让他一下子从迷乱中清醒过来。

"报警!报警!"混乱持续着。

尽管药效仍然在起作用,但凯厄斯还是硬撑着从沙发上站起来,想去看看出了什么事。他沿着走廊,扶着两边的墙往前走,看见走廊尽头的化妆室外面围着一大群人。他好不容易才蹭过去,礼貌地请四周的人腾出条路来让他进去看个清楚,但没人理他,也没人动一下。

突然,瓦尔基里从化妆室里跑了出来,她用手捂着脸,挡着眼泪,她推开每一个挤在周围的人,凯厄斯也不例外。紧接着,芭蕾舞老师也冲了出来,她捂着嘴,像是努力忍住不吐出来似的。人们往后闪了一点儿,留出一个小空,刚好够凯厄斯钻进屋去——那景象如同噩梦,闯入眼帘的是一个倒在地上的女人。

"凯厄斯!"福尔摩斯想把他推出化妆室,"回去躺着!"

"那是谁?"凯厄斯看见地板上满是血迹,他觉得那个死者有点儿面熟,"那不是玛格丽特的侍女吗?"

"是的,死者是格洛丽亚。现在你可以回屋了。"福尔摩斯用力推他,但凯厄斯就是站着不动。

格洛丽亚的嘴痛苦地扭曲着,她的瞳孔放大了,好像死前看到了极其恐怖的景象,她的手护在流血的胸口前面。

"这是谁干的?"凯厄斯一把拉住福尔摩斯,"接下来还有什么?"

导演索拉站在尸体旁边,愤怒地冲着窃窃私语的围观者大喊:"演出结束了!走开!死者需要被尊重!"

"嘘!过来,凯厄斯,跟我来!"福尔摩斯小声说。他把凯厄斯送回了房间,因为他发现这病号的身体已经支撑不住了。

"好了,请回吧!"乔瓦尼把最后一个围观者打发走了。

凯厄斯回过头,看见索拉正在把门关上。福尔摩斯和其他人留在化妆室。赫伯特站在死者旁边,忧伤万分。他跪下来,从口袋里掏出一块手帕,盖在了格洛丽亚的脸上。

整出戏就这么谢幕了。

第十一章　幽灵的报复

几个小时后，警察到了。他们把被害者的遗体放在担架上，开始了例行调查。

其中一位警探向每个人提出问题，就连受惊过度、正接受奥特拉兹医生治疗的导演也不放过。玛格丽特情绪低落地用手绢擦着眼睛，为失去了一个朋友而悲伤。

赫伯特和艾尔伯特进了一间小屋子，福尔摩斯正在那儿照看着凯厄斯。

"有什么发现吗？"福尔摩斯问。

"指望这些警察是没戏了。"赫伯特把手里的一张纸揉成一团，"他们调查的重点是玛格丽特的爱慕者送她的那枚戒指，戒指丢了。"

"你手里拿的是什么？"

"在格洛丽亚身旁找到的一张便条。"

"便条？"福尔摩斯伸出手，"给我看看。"

> 受诅咒的吉卜赛人，张开翅膀，遮蔽光芒，
>
> 酒馆的愚民，冷漠的怨咒，
>
> 丰盛富足，灵魂贫瘠，何必欺骗？

我热切的爱和忌妒，乃是无辜，

我将以你的鲜血为酒，

宣誓我是最爱你的人。

我亲爱的水晶，

在你夺目的光芒之下，

我唯有隐匿黑暗之中。

心念本在善恶之间，

谁叫你错选了爱人。

现在向我投降还来得及！

P.O.

"是玛格丽特的那个追求者。"福尔摩斯说。

"嗯，所谓的歌剧院幽灵。"赫伯特拿回便条，"这为我们找出凶手提供了线索。"

"线索？为何不交给警察？"

"夏洛克，我做刑事类记者好几年了，依我的经验，他们会说这只是个小案子，然后狂妄地推断——那个狂热的粉丝后悔了，想取回戒指，于是闯进化妆室，杀了侍女。"

"呃，难道不是这样？"凯厄斯问。

"不好说，"赫伯特说，"根据这张便条上的内容，凶手并不想善罢甘休，他的目标是玛格丽特。我们得想办法保护她。"他拿出一块溅有血迹的手帕说，"我可以鉴定这上面的痕迹……"

"赫伯特，这可不对，"艾尔伯特反对，"你这是隐藏犯罪证据。如果我们需要化验，干吗不交给警察去做？"

"他们才不会。加斯顿警长会说这东西一点儿都不重要，然后责备我大惊小怪。"

"也许他们说得不错。"

"不,艾尔伯特,"福尔摩斯说,"这个案子没那么简单。你们没发现吗?格洛丽亚连呼救的机会都没有,现场完全没有打斗的痕迹,而且她是从正面被击中的。没人觉得奇怪吗?直到瓦尔基里进入化妆室,尸体才被发现……"

"我懂你的意思了,"赫伯特说,"你是说格洛丽亚之所以没呼救,是因为她认识那个凶手。凶手可以轻而易举地出入歌剧院。"

"没错,赫伯特,凶手就在我们中间!"

"所以,如果我化验血迹和那张便条,把便条上面的笔迹和歌剧院里所有人的笔迹进行比对,那么就有可能找出凶手。"

"赫伯特,你不能那么做!"艾尔伯特神色紧张,他发现大家奇怪地注视着他,就把声音放低说,"好吧,据我所知,未来的伟大侦探就在这间屋子里,对吧,福尔摩斯?"

"别废话了,艾尔伯特!"赫伯特把证物包起来放进口袋,"别再跟这幽灵对着干了。之前他已经袭击了凯厄斯两次,我们报警后,警察任何有用的行动都没有。现在他又杀了可怜的格洛丽亚。根据法律,除非逮个正着或是有目击者证明,否则别想把他送进监狱。如果我们不抓住他,他还会继续下去的。"赫伯特心烦意乱地走向门口,"如果有什么消息,我会告诉你们的。"

"你去哪儿?"艾尔伯特问。

"停尸房,尸体现在应该在那儿。我有个朋友也许能帮上忙。"赫伯特深深地看了一眼他的三个朋友,走出了房间。

第十二章　致命约会

　　几天过去,彩排更频繁了。福尔摩斯和艾尔伯仍然在等消息,但自从那天发生了格洛丽亚被杀害的案子之后,赫伯特就没再露过面。凯厄斯的伤已经好了,但他的新朋友玛戈特还是无微不至地照顾着他,一刻也不忘按照医生的叮嘱帮他换药,还坚持从歌剧院的厨房里拿来美味甜点,比如巧克力蛋糕什么的。凯厄斯狼吞虎咽,塞得满嘴都是,以至大家差点儿又把医生喊来。

　　看着玛戈特紧张地彩排是难得的平静时光。凯厄斯觉得,无论承受着多大的压力,玛戈特都能保持平和,她的舞技也进步神速,轻盈曼妙。在晨练之后,只要玛戈特能溜出来,她就可以和凯厄斯一起在城里散步。她必须悄悄闪开或是找个借口,这样才能躲开严苛的德加,不必再当他绘画时所需要的模特。

　　凯厄斯一直认为德加是个阴郁、刻薄的人,看上去一点儿也不喜欢跟别人打交道,但令他感到吃惊的是,德加对于绘画非常投入。不管是在黏土板上还是在帆布上作画,德加总能迅速捕捉到玛戈特的动作,非常细致地展现她的动态。玛戈特坚持要用她金色的刘海遮住额头,但德加却能设法画出她美丽的眼睛,把她最动人的一面永远留在画里。

凯厄斯和玛戈特在巴黎散步的次数越多,就越能发现这座城市的迷人之处。从早到晚,他们在这可爱的夏日里不知疲倦地走着,一起发现一个又一个有趣的地方。最新潮的衣服在橱窗里闪耀夺目,斑斓的色彩如潮水一般淹没了街巷;马车飞驰而过,里面坐着打着阳伞、戴着精致帽子的女士,陪伴着她们的是戴着黑色礼帽的绅士们,他们用花哨的手杖炫耀着自己的富有。任何一个角落都能找到咖啡馆,乐呵呵的老乐手拉着手风琴,生气勃勃。当他们探索巴黎的漫长征程被塞纳河中止时,凯厄斯和玛戈特就会到他们最喜欢去的那家小咖啡馆,两人共享一杯热巧克力和一块松饼。

"不! 我说,不! "一个留着小胡子、举着烟斗的男人大声赌咒。他和另外几个人坐在一起,喝着酒。他一直大声地说个不停,引起了凯厄斯的注意。那个男人丝毫不理会他引起的喧闹,兴致高昂地整理着秃头上的帽子,继续说:"这就是我要跟那个疯子埃菲尔说的!"

"你打算怎么做呢,朋友?"一个上了年纪的男人问。他衣着优雅,叼着一根雪茄。

"怎么做? 当然是刊登声明! 找些朋友联名投诉,让他把这种毫无意义的工程停下来!"

"吉恩说得对,"一个宽肩膀的灰发男子说,他把脚踩在凳子上,"我们的行动越及时,成功的可能性就越大。巴黎不需要这种巨大的钢铁烤肉叉子。"

"巴黎也不需要这样又高又瘦、像个梯子似的金字塔,那种粗笨的钢架活像个独眼巨人纪念碑!"另一个高个子、黑头发、留胡子的男人补充道。

"这正是我的看法,莫泊桑先生①。那建筑师干吗不把这怪东西弄到美国去呢?"说话的是坐在吉恩旁边的男人,他留着稀疏的胡子,满脸青春痘,

①原文确实是指小说家莫泊桑,但这个人物后文都没有再出现了。

"他怎么给美国建了座自由女神像？谁能比法国人更懂得自由？"

"因为埃菲尔是个白痴，就这么简单，"吉恩又灌下一杯酒，"美国人因为独立得到了件美丽的礼物，巴黎人却得到了永恒的羞辱！"

"吉恩，事情没有那么糟。"一个红头发的男子说。他穿着马甲，戴着一顶草帽，坐在画架旁边，上面还有一幅油画。他看着桌边的每个人，他们大多数表示赞同，但也有不少露出了焦虑的神情，仿佛在等着争论的最终结果。这个红头发的男子继续说："自由女神像固然是好的，但像埃菲尔这样，搞一座未来主义的建筑也是一种创新……"

"为了创新，他就得在我们美丽的城市中央建一座钟楼架子吗？"吉恩嘟囔着，他已经灌下两瓶红酒了。

"一座城市的确需要壮观的纪念碑，"灰头发的男子说，"巴黎应该为大革命的百年纪念而做点什么，让我们将它铭记在心。"

"我觉得埃菲尔是想要向工业革命致敬，"吉恩旁边的男人说道，"他的设计看上去更像个工厂里的烟囱！"

所有人都笑了起来。

凯厄斯一边偷听他们说话，一边忍不住偷笑。玛戈特坐在他对面，背对着那些人，所以根本不明白凯厄斯在笑个什么劲儿。

"不论何种理由，"高个子男人站起来，推了推滑下鼻梁的眼镜，"任何形式的纪念碑都是不合适的，因为那片空地是沙土质地，钢铁结构太沉了，这种建筑工程会陷进地基里去的。而且，还有风呢！这座铁塔怎么能抵御住每小时 250 千米的风速呢？它肯定会发生倾斜的。各位，很遗憾，这种创新到最后只会演变为一场灾难。"

"没错，朋友们，"吉恩试图把讨论的焦点拉回自己身上，"所以巴黎的中心不能有那种可怕的东西。我们必须站出来反对！"他把酒杯重重地放在桌上，站起来喊道，"不！我们要对埃菲尔铁塔说'不'！"

"说得好！"桌边的人们举起杯子，"对埃菲尔铁塔说'不'！"

"各位，美的护卫者，我们来写一封公开信，表达我们对这畸形建筑物的抗议吧！让我们阻止这种毫无意义的工程！抵制这可能压毁一切的铁塔吧！"吉恩和朋友们碰着杯子，咧嘴大笑，"嘿，你俩，"他看见凯厄斯和玛戈特，"也加入我们吧！"

凯厄斯和玛戈特交换了个眼神，没有做任何反应。

"快过来！"吉恩走过来，抓住玛戈特的胳膊，"加入我们，对埃菲尔铁塔说'不'！"

"放开我！"玛戈特推开他，把披肩拉上肩膀。

看着玛戈特的反应，凯厄斯小声说："干吗非要抵制呢？埃菲尔铁塔会令巴黎举世闻名的。"

所有人都奇怪地看着凯厄斯，好像他是个疯子。

"举世闻名？你这是什么意思？"吉恩抱着胳膊，表情不善。

当凯厄斯看见那些人并不友善的表情时，他觉得自己还是闭上嘴比较好。但玛戈特肯定的眼神鼓励了他，于是他决定继续这场一个人的论争："不懂吗？你都无法想象，巴黎拥有这座建筑是多伟大的事！你还好意思称自己为'美的护卫者'！埃菲尔铁塔将会成为巴黎的地标、巴黎的象征，你们竟然还要反对！"

"象征？哦？"吉恩冷笑着吐了口口水，他一只手拉着西装马甲，一只手挥动着烟卷，"那个巨型烤肉叉子只会成为丢人和发疯的象征！"

其他人也乱哄哄地吵嚷起来。

"是吗？那好吧。"凯厄斯出乎意料的退让令吉恩有点儿摸不着头脑，但在短暂的停歇后，他一股脑儿地说，"这座铁塔是为纪念革命而建的，对吧？那么革命也疯了吗？革命是因那些不害怕改变、不害怕新事物的人而存在的。对于你来说，埃菲尔铁塔或许看起来丑陋畸形，但正是因为这座塔，巴

黎会成为世界上首屈一指的城市。你不会知道,有多少人会不远万里来到这儿,登上埃菲尔铁塔,从高空俯瞰整个巴黎……那确实是一种疯狂的行为,队伍排了一圈又一圈,人们等着电梯,或者干脆直接爬楼梯,一步一步地走上去啊!每个人都想买明信片、钥匙圈等各种各样的纪念品。如果来了巴黎却没到过埃菲尔铁塔,那根本等于没来过巴黎!人人都会用数码相机拍下几千张照片,或是在晚上,拜谒装点着各色灯光的埃菲尔铁塔……那真的非常惊艳,相信我!"凯厄斯停下来喘了口气,看着吉恩和其他人。

他们面面相觑,全都像个石头似的呆住了。

"怎么了?"凯厄斯问,"你们干吗这样看着我?"

"年轻人,"吉恩冷静了点儿,"虽然我对这座铁塔所知甚少,但我能肯定的是,你的想象力超乎常人。"

他咧开嘴笑了,看着他的朋友们。他们也全都放松下来,大笑起来。

"曾经我也像你一样——满脑子都是想法,像个疯子似的。我一度以为能用我的诗歌改变世界……老天,我是怎么变成现在这样的呢?自由的思想离我远去,而我还浑然不觉。我是什么时候变得如此暴躁的呢?真可怕!我已经越来越像我爸了!"

吉恩低落地摇摇头,继续说:"你是对的,我们不该如此激进。多么疯狂啊!我一直反对保守派,但如今,自己竟也成了他们中的一员!年轻人,你确实开启了全新的视角,但是……我实在不知道,是不是不该把这座铁塔视为丑八怪。"

"太糟了。"灰头发的男子说,"铁塔矗立在市中心,不管从哪儿都能看到,我还怎么画那些田野?"

"好了,安德烈,"红发男子站起来,拍拍他的肩膀,"要是你不想看见它,就爬到塔尖上去作画好了!"

"先生们,女士们,孩子们,"吉恩看着玛戈特,他举起酒杯,向仍疑惑焦虑的朋友们致意，"为疯狂干杯！为无穷的想象力干杯！为年轻人，也为革命干杯！法兰西万岁！"

"法兰西万岁！"大伙儿一饮而尽。

"凯厄斯，你真棒！"玛戈特在他脸颊上印下响亮的一吻，"你每天都能带给我很多惊喜！"

凯厄斯有点儿惊讶地看着她，不过什么也没说。

"爱情万岁！"那些人唱了起来，又干了一杯。

几番推杯换盏过后，凯厄斯已经和这些新朋友熟得像家人一样了。他甚至还学会了唱《马赛曲》——为法国大革命谱写的赞歌。这首歌像一个暗示，玛戈特拉住他的手，把他带往安静些的地方。

他们手牵手走着，来到一扇巨大的铁门前面。不可思议的是，这扇铁门背后竟是一座大果园，里面满是各种各样的水果，供来访者品尝。凯厄斯在玛戈特的披肩里装满了苹果和梨，满得披肩都要崩开了。

两个人精疲力竭地坐在喷泉前面，面向着卢森堡宫，那里曾经是参议院的所在。时光仿佛特别眷顾这里，和快速变革的城市不同，这儿仍然保留着过去的风韵。吃了不少水果，体力也渐渐恢复，凯厄斯觉得他们可以继续去找寻玩乐的地方了。他们起身离开，沉浸在悠扬的音乐声中。

在这又热又令人兴奋的午后，两个年轻人没有时间想太多。玛戈特欢喜地拉着凯厄斯，带他来到了西岱岛。西岱岛镶嵌在塞纳河中，通过渡船和桥梁连接两岸。这里是巴黎的发源地，也是玛戈特最喜欢的地方。

"巴黎圣母院！"凯厄斯看着教堂，激动得合不拢嘴，"真是不可思议！我从没想过它是这么……"

"这么无与伦比！"玛戈特笑着说。

"这么的……中世纪风格！人们一定花了好多年才建好！"

"几乎有两百年！"玛戈特把凯厄斯从大门口拉走。三座拱门上都镶嵌

着数不清的石雕。

凯厄斯跟着玛戈特,不停地看着大教堂中各种各样的雕塑。每一座雕塑都是历史中的一瞬、艺术中的一瞥,必须放慢脚步,用心去看,才能领略到那些被凝固在时光里的细枝末节。

支撑着天花板的柱子,讲述的是古希腊的故事;而天花板,又谱写了罗马帝国的章节;哥特式的尖角攒花穹顶、色彩缤纷的玻璃窗,则带着文艺复兴的烙印。这里的一切都仿佛在讲述着历史,就像那些满是雕塑的走廊一样。雕刻着旧约时期 28 位君王的众王廊位于三座拱门之上,每一座拱门上都围绕着耶稣基督、先知、圣徒和圣母玛利亚的雕像。在最中间的拱门上,雕刻着天使和魔鬼,圣徒们的灵魂环绕着基督——那是末日审判的情景。鸟、公牛和狮子等雕塑为教堂增添了神秘莫测的色彩。两座厚重的钟楼静静矗立,上面满满地装饰着精灵怪兽,有的张大嘴巴,俯视着凡间的访客。数不清的弧形尖角支撑着这片神圣之地,使它看上去如同飘浮云端,庄严肃穆,直通最终的彼岸。

当他们步入其间时,黑暗突然降临,巨大的柱子支撑着中殿的弧形穹顶,空旷的殿堂寂静无声。墙台上的灯罩里燃着蜡烛,那是为做礼拜的人们无偿提供的。烛光暗淡,亮光只能抵达中殿的一半。雕像、雕刻和壁画讲述着这座基督降临在人间的殿堂的历史。在那一刻,牧师举起酒和圣饼,象征着基督的血和肉已经降临圣坛。圣洁的阳光照在玫瑰窗上,被折射成无数的碎片,倾泻而下。那举世闻名的玫瑰窗由五颜六色的彩色玻璃镶嵌而成,拼出《圣经》里的故事。在这样黑暗的走廊里穿行,感到后背发凉是再正常不过了,但风琴和唱诗的优美乐音将所有的恐惧和不安都洗脱了。

凯厄斯和玛戈特很快就找到了他们的目的地。人们挤满了教堂,慢慢地移动着,正在为维克多·雨果逝世一个月的纪念日做弥撒。

"你知道吗?巴黎圣母院可是欠了雨果很多呢。"玛戈特说。

"为什么这么讲？"

"维克多·雨果非常爱圣母院，当他发现这里一直被人们所忽视的时候，他决定拿起自己的武器去保护它。这个武器就是——小说。"

"他确实得偿所愿了，"凯厄斯仰头看着穹顶和柱子，枝状烛台上蜡烛散发出的光，把它们折射成了金色，"这里真是不可思议。"

"你想看看钟楼里的'伊曼纽尔'吗？"

他们趁做弥撒的人还不多的时候离开了圣坛。

"钟楼里的啥？"凯厄斯小声问。

"快来！我正在读雨果的书，特别想看看顶楼的那个小房间，就是卡西莫多把艾丝美拉达藏起来的地方……我也很想看看钟楼里的那座钟——伊曼纽尔。"

"啊，你读了《钟楼怪人》吗？驼背的卡西莫多？"

"钟楼怪人？"玛戈特说，"这本书明明叫作《巴黎圣母院》。"

"啊，是的，不过等一下。据我所知，钟楼里的那座大钟的名字叫'杰奎琳'，而不是'伊曼纽尔'。"

"哈哈，你说得没错。"玛戈特得意地笑了起来，"不过我在小说里读到，'杰奎琳'被熔铸成了一尊加农炮，接替它的新钟名叫'伊曼纽尔'……你到底读没读过这本书啊？"

"呃，没有，我只看过电影……看了两次。"凯厄斯噎住了，他意识到了眼前的这个时代还没有电影，便赶紧转移话题，"那么，钟在哪儿？"

"跟我来。"

凯厄斯很快就后悔了，因为要到钟楼上去，必须得抓住两侧冰凉的墙壁，爬至少四百级狭窄的旋转楼梯，简直能让人患上幽闭恐惧症。玛戈特显然比他苗条轻盈得多，他们最终到达南侧钟楼上面时，她连大气都没喘一下。凯厄斯庆幸自己做到了，他站在钟楼上，呼吸着清新凉爽的空气，感觉

好极了。虽然乍从黑暗的教堂里来到日光之下，他的眼睛一时什么都看不见，但他还是觉得非常值得。站在钟楼之上，一幅更宽阔、几乎毫无遮挡的巴黎全景图在他们面前展开。密密匝匝的屋顶和烟囱被道路和桥梁隔开，它们一个连着一个，通向塞纳河畔。这令人惊叹的城市全景，汩汩涌出生机，值得花上一些时间去细细体味。

钟楼上的视野所及之处，满满都是巴黎的魅力和美好，但钟楼本身似乎也隐藏着秘密，尤其是那些雕成魔鬼、恶龙、鸟和蝙蝠的滴水嘴。尽管这些怪兽看起来很吓人，但它们的面孔却很安详。它们似乎只是在高处俯视，思考着钟楼之下的人的命运。

这时突然下起雨来，夏日的热气一扫而空。街上，行人、马车和骡子拉的货车急急忙忙地冲向四面八方。

"凯厄斯，快看！"玛戈特指着那些滴水嘴，"看！兽头喷水了！"

"太棒了！我都不知道它们是个喷泉！"

"别这么说，凯厄斯，它们会听到的。"

"什么意思？"

"啊，是这样，根据古老的传说，这些兽形滴水嘴守护着教堂，到了夜里，它们就会变成活生生的战士。"

"你不会真的相信这个吧？嗯？"

"当然……不会……"玛戈特有些心虚。尽管教堂是神圣的地方，她还是感觉到阵阵阴冷。

"怎么了？"他们沿着楼梯往钟上面走的时候，凯厄斯发现玛戈特似乎很不自在。

"我也不知道。"玛戈特把手插在披肩里，眼睛紧紧盯着楼梯旁墙上的裂缝，"就是突然觉得恐怖，恐怖得让人发抖。"她真的打了个冷战。

"你需要我的外套吗？"凯厄斯用胳膊抱住她，让她冷静下来。

"不，不是，我感觉到某种……怪异的……"

"这个地方吓到你了，就这么简单。"凯厄斯用最温和的语调说着，同时把她抱得更紧了。

她冲他笑了笑，可是看起来一点儿信心都没有。

凯厄斯情不自禁地抚摸着她的脸，周围的灯光影影绰绰，他们的目光融汇在一起，一股看不见的情愫怂恿着他们越靠越近。

突然，玛戈特的眼睛里反射出金属的冷光，打断了这充满魔力的梦幻时刻。她的脸因恐惧而惊呆了，凯厄斯立即转过身来，看清了他的背后：巨大的黑影、绿莹莹的面具、高举着的匕首。他从黑影中跳出来，冲向手无寸铁的凯厄斯。

玛戈特大惊失色地向后退了几步，凯厄斯奋力抵住朝他用力挥来的匕首。对方的脸隐藏在绿色的面具之后，只露出一双黑色的眼睛，闪烁着血红色的凶光。风吹掉了他的帽子，露出一头浓密的棕色头发。凯厄斯的力气快用尽了，眼看匕首离自己的胸膛越来越近。幸亏凯厄斯足够灵活，在最后一刻，他从刀下闪开了。

"救命——救命——"玛戈特大喊着，她绝望地挥动手臂，指望着匆匆穿行的行人或是马车能注意到他们。只是，她忘了，这可怕的袭击发生在人们的头顶之上。

凯厄斯手脚并用，尽了最大的努力想抵挡住袭击，可是不管他怎样反击，对方还是不停地朝他下狠手，直到钟楼里的钟发出巨大的鸣响。

"铛——"凯厄斯趴在地上，袭击者双膝跪地，他们不约而同地放过了对方，因为必须得腾出手来捂住耳朵。

"铛——"

玛戈特瞅准机会，扑上去用披肩缠住了袭击者的脖子。

"铛——"钟声似乎有种神奇的力量，快要把袭击者逼疯了。他猛地把

玛戈特甩开，尽管巨大的声响令他眩晕，他还是不忘捡起匕首，跑回了黑暗中。

"铛——"救命的钟发出了最后一声鸣响。

"凯厄斯，别去，"玛戈特的声音坚定而低沉，她挡在他面前，"别把我一个人丢在这儿。"

"你说什么？"凯厄斯几乎连自己的声音也听不见，他吼道，"大点声儿！"

"我说别去！"玛戈特也大喊，她的眼睛里充满了恐惧。

"可是我必须追上那个混蛋，他就是歌剧院幽灵！"尽管钟声渐弱，凯厄斯还是大喊大叫。

"他不是幽灵！他是凶手！他已经杀了格洛丽亚，这次也会杀了你的！"

凯厄斯试图挣脱，但玛戈特就像被吓坏的猫似的，死死不放："求求你，别把我一个人留在这儿！"

"但是我必须……"

"我不想失去你，凯厄斯。求你，别去。"

"好了，好了，我不去。"凯厄斯抱住她，玛戈特把头埋在他的胸前。耳朵里的嗡鸣声渐渐散去，他现在可以正常说话了："别怕，冷静点儿。"

玛戈特还是很害怕，但她努力冷静下来。

"别怕，好吗？我觉得你捆住那个幽灵的方式真不赖，钟声简直要让我发狂，难怪钟楼怪人是个聋子……"凯厄斯期待玛戈特能笑一笑，或是用别的什么方式回应他。但她还是一动不动，紧闭着眼睛，死死地拉住他。

"玛戈特，你在听吗？说句话啊！"凯厄斯把她推开一点儿，看着她茫然的脸。

"你怎么这样看着我？"玛戈特终于开口说了一句话。

"我喜欢你捆住那个幽灵的方式。"

"噢,那没什么。"

"你怎么能受得了那么大的钟声?"

玛戈特紧紧抿着双唇。

凯厄斯静静地看着她。他用手遮住了嘴巴:"你能听到吗?"

玛戈特没有回应。

凯厄斯慢慢地把手移开,温和地说:"你在读我的唇语,是吗?"

这问题让玛戈特大惊失色。

"你失聪有多久了?"

"从十岁开始,"她哀伤地轻轻摇头,"那时我大病一场,虽然最后痊愈了,医生却告诉我妈妈,我失去了听觉。"她站起来,从他身边走开,"别那么看着我,我不希望你可怜我。"

"我没有可怜你,我只是想知道,为什么你之前不告诉我?"

"你不懂。这太难堪了。我讨厌别人用异样的眼光看着我,好像我哪儿不对劲似的。上学时,那些人就是那样对我的。老师叫妈妈把我领走,你知道她怎么做的吗?她没把我一个人丢在家里,而是收拾行李,带我离开了。我们就这样从普瓦捷来到了巴黎。我妈妈相信,我能在巴黎遇到更好的机会。机会!多美妙的幻想!我们几乎连糊口都成问题!她给人家洗衣服,而我就在街上卖花……天哪!那些日子太艰难了!"

"那你是怎么来到歌剧院的呢?"

"这要感谢我的妈妈。那场大病前,我就很爱跳舞。来到巴黎后,我们住在一家歌剧院旁边。她担心我孤单,就拜托劳伦夫人指导我,而她用洗衣服作为报偿。没过多久,我就成了歌剧院里的专业舞者。"

"你真的很有毅力,很刻苦!"

"要是没有劳伦夫人,我是不可能做到的。她一直鼓励我不要放弃。"玛戈特突然抬起头,眼睛里闪露着执着的光,"你看,凯厄斯,我虽然聋了,可是我不哑！我只用很短的时间就学会了读唇语，然后又学会了通过振动感受音乐。只有这样，我才能和其他舞者平等竞争！"当她看到凯厄斯的神情依然平静时，更加自信了，两人相视而笑，"你看着吧！总有一天，我会成为柴可夫斯基选中的最好的芭蕾舞者！"

"玛戈特，"凯厄斯激动地说，"你会像天鹅一般翩翩起舞，当你展翅高飞时，你会让歌剧院的每一个观众目瞪口呆！"

"是的！"玛戈特有些紧张，她扑进凯厄斯的臂弯之中，"歌剧院……被杀人幽灵纠缠的歌剧院……"

"不会的，"凯厄斯抬起她的脸，"我会逮到那个混蛋的，等着瞧好了！"

"可是，为什么？那个家伙为什么要袭击你？难道杀了格洛丽亚还不够吗？"

"不知道，但我发誓，一定会找出真相！"他紧紧抱住因恐惧而发抖的玛戈特。

"他已经在歌剧院闹得人心惶惶了，为什么还跟着我们到这儿来？他是怎么做到的？能一路都不被人发现，他一定真的是个幽灵！"

凯厄斯退后一步，吼道："他不可能是什么幽灵！他那一拳可有力得很呢！"

"好吧，"玛戈特叹了口气，拢了拢弄乱的头发，"现在怎么办？我们要报警吗？"

"我们最好不要跟任何人讲这件事。"

"为什么？"

"想想看，警察根本不会相信我们的话，而且歌剧院里的人也会因此彻底崩溃。再说，要是福尔摩斯和赫伯特知道了，肯定不会让我们再出来散步了，那可就糟透了！"

"好吧，都听你的。"玛戈特揉揉自己苍白的脸。

　　"别再那么紧张了，好吗？"凯厄斯抚摸着她的头发，"走吧，跟我来，我送你回歌剧院。"

　　"不要，"她的眼里噙着泪水，喃喃道，"他……他一定也会去歌剧院的，我不想回去。"

　　"好吧好吧，"凯厄斯向外瞥了一眼，想看看雨停了没有，"那你想去哪儿？"

　　"不知道，我只想去个安全的地方，到处都是人的地方。"

第十三章 画中玄机

卢浮宫里人满为患,恰好符合玛戈特的要求。看着数不清的画作和藏品,她总算平静了下来,暂且忘记了教堂里的恐怖一幕。他们自得其乐地从长长的走廊走向雕塑陈列区,那些艺术品激荡着充沛的情感,甚至比前来参观的游客都还要灵动生趣。一切都很好,直到有人在玛戈特的肩上轻拍了一下。她转过身,站在眼前的是另一个"幽灵",不过这回可是活生生的。

"我记得你说你不太舒服,亲爱的孩子。"

"呃,德加先生,没想到在这儿见到你!"

"有什么好大惊小怪的?你应该知道,我最喜欢来这里,与它们相伴,越久越好。"

"谁们?"凯厄斯左顾右盼地问。

"谁们?当然是那些大师。"德加看都没看凯厄斯,只是摸着玛戈特的脸问,"那么,你又在这儿干什么?与这坏小子为伴?据我所知,博物馆可不是治疗感冒的良药。"

"德加先生,很抱歉,不过一言难尽……"

"那是你画的吗?"凯厄斯盯着画架上的一幅画,没注意到德加的脸色。

"请别碰它,好吗?"德加用整个身子护着他的画布。

　　"我还真不知道,你喜欢临摹别人的作品。"

　　"临摹?"德加横眉立目,"是学习!学习!委拉斯开兹①、提香②、德拉克洛瓦③……我只是在向他们学习描绘现实!"

　　"可这些太暗淡了,而且都是静止的,不是吗?我记得你是专门画动态的。"

　　"仔细看看,凯厄斯。你所说的'暗淡''静止',其中可蕴含着很多动态呢!这些画作上充满了明暗对比,重要的部分用高光提亮,阴暗的地方则暗含隐喻。"

　　"像黑白照片那样?"

　　"比照片高明得多!你看,人物就像从画布上跳出来似的,虽然是挂在墙上,却比现实生活中活生生的事物还要生动。"

　　"现实……你是说,这些画家跟那些印象派的目的是一样的?"

　　"要更多!"德加友好了一些,他搂着凯厄斯说,"他们给了我们改进的方向。如果他们是用明暗对比来表达整个故事的场景,那么我们就用线条和笔触。我们当中不论是老画家,还是新画手,谁都不能被蒙蔽了眼睛。我们要以开放的心胸,看得更加深远。"

　　凯厄斯细细地打量着周围的那些画。

　　"你看,每一幅画都暗含着秘密,而我就是来这儿解谜的。这些环绕着我们的巨作,充斥着丰沛的情感、精彩的故事、卓绝的抗争、动人的悲剧、激扬的希望,而最重要的是那些现实生活中的瞬间。这些画,一直在等待着能

---

　　①迭哥·德·席尔瓦·委拉斯开兹(1599—1660),17世纪西班牙影响最大的现实主义画家。代表作有《火神的锻铁工场》《酒神》《纺织女》等。

　　②提香·韦切利奥(1489—1576),被誉为"西方油画之父",意大利文艺复兴后期威尼斯画派的代表画家。代表作有《神圣与世俗之爱》《爱神节》等。

　　③欧仁·德拉克洛瓦(1798—1863),法国著名画家,浪漫主义画派的典型代表。代表作有《自由引导人民》《狩猎狮子》等。

揭开秘密的眼睛,过去、现在、未来,它们一直在等。看着这些画作,我们就如同在时空里穿行,回到过去,抵达未来!"

"这太棒了!"凯厄斯被德加的热情所感染,"那么,画里究竟有什么秘密?"

"关于这点,"德加对玛戈特笑了笑,又看看凯厄斯,"我们只能自己去寻找。"他用力地揉了揉眼睛。

"你怎么了?"凯厄斯发现德加的眼睛有些浑浊。

德加猛眨眼睛,好像在努力看清周围的画。

"你没事吧?"

"没事,不用担心。"德加干巴巴地说着,往后退了几步,躲开了凯厄斯想搀扶的手,"现在,你们可以让我和这些老朋友独处了吗?玛戈特,去吧,和你的伙伴一起到长廊里探险去吧。明天见!"

"好吧,德加先生,明天见。"玛戈特很为德加突如其来的幽默感到惊讶,不过凯厄斯急着想去看展品,把她拉走了。

第十四章　凶手不止一个

首演的日子终于到了。乐手、合唱演员、舞者们匆忙地跑来跑去，跟随着灯光的指示找到自己的位置。在后台，裁缝和木匠正为最后一点细活儿忙活着。机械师调度着布景，把那些粗细缆绳之间的幕布升起又降下，巨大的滑轮和吊车听凭他的调遣。乐队里几乎每个人都已就位，调试着他们的单簧管、双簧管、长笛、小提琴、大提琴，为这重要的演出做最后的调音。

在舞台后面，凯厄斯穿过两道门，来到舞池，接着来到了化妆室。玛格丽特的门半开着，歌迷送来的鲜花已经由新侍女摆放好了，里面的动静引起了凯厄斯的好奇。紧张的踱步声响个不停，玛格丽特咬着指甲，手里攥着一团纸，似乎发生了什么严重的事。

晚上，歌剧院大门洞开，身着精致礼服的观众们步上崭新的红毯，按照不同的标志找到自己的座位。达官显贵们则到楼上的包厢里就座，他们为此可花了不少钱。开演的钟声响起，剧场里一下子安静了下来。灯渐渐熄灭，伴随着乐队奏响的旋律，帷幕缓缓升起。

尽管玛格丽特在忍受着焦虑和恐惧，但她充满诱惑的声音还是立即就把观众吸引住了。

一切都进行得有条不紊。当大段唱词开始的时候，凯厄斯正待在侧幕，

欣赏着如梦似幻的场景。为了这些严丝合缝、变换自如的布景，舞美师傅们可差点儿连自己都"牺牲"了。

在第三幕和第四幕的间歇，艾尔伯特在舞台后面走来走去，好伸伸腿休息一下，却正撞见了许久不露面的赫伯特。

"赫伯特！"艾尔伯特喊道，"你可算出现了！这段日子你跑哪儿去啦？"

"我可忙坏了。"

"你在忙什么？"福尔摩斯和凯厄斯也加入进来。

"夏洛克，我在忙调查啊。"

"你转行了吗？侦探赫伯特？"凯厄斯开玩笑地说。

"说到当侦探，我觉得我足够称职了。"

"也足够神秘的，"艾尔伯特看着漆黑一片的舞台，"你到底发现了什么？"

"我正要来跟你们说说我找到的线索，"赫伯特拿出一大沓活页纸，"我检验了被害人的血液和皮肤，发现了一些绿色的碎屑。经过化学成分检验，我确定那是一种绿色的黏土。"

"绿色的黏土？真是奇怪！"艾尔伯特说。

"用来行凶的凶器上面裹着的就是这种黏土。"

"绿色的黏土……"凯厄斯若有所思，"是德加用来塑雕塑的那种吗？"

"是的，"赫伯特说，"那种黏土的延展性很好，而且耐腐蚀。我父亲曾在他的陶瓷业中使用过。"

"我听说那种黏土也有些医学上的用途。"福尔摩斯说道。

"没错，据我的研究，每种黏土都含有硅酸铝、铁、镁、钙这些元素。但这种绿色黏土中的硅酸铝含量特别高，可以内服，可以加水稀释后吸入，也可以用来漱口或外敷。它有消炎的疗效，添加到面膜中或是用来泡澡还可以延缓衰老……"

　　"幽灵的绿色面具……"凯厄斯小声嘀咕着,"没准他的脸有什么问题。"

　　"也许只是用来吓人的。"艾尔伯特补充道。

　　"关于凶器有什么发现吗?"福尔摩斯有些紧张地问。

　　"从尸体的伤口上看,那是一种刀刃很特别的利器。高含量的硅酸铝被氧化后会留下锈蚀的痕迹,鉴于伤口上没有任何锈迹遗留,所以那肯定不是普通金属如铁或铜制成的刀子。凶器应该是由含锌、铬、铜、锡或镍的合金制成的。不过我想银的可能性更大,因为金属银在柔韧性方面仅次于金。"

　　"那凶手呢?有什么发现吗?"艾尔伯特不停地搔着额头。

　　"我那位停尸房的朋友给了我一份检验副本。凶手是个相当强壮的男人,他用左手握持凶器,猛地给了受害人几下,从他的力度、精准度和手法可以判断他是个左撇子。他对解剖学有一定的了解,因为每一下都落在要害部位,甚至正中重要的器官。我也仔细分析了凶手留下的字迹,看得出来,他受过良好的教育,内心很挣扎;虽然非常以自我为中心,却相当没有自信;他既偏执,又有些强迫症倾向,而且似乎正处于一种极度的绝望中。总之,我们都能感觉得到,这个凶手一旦遭人拂逆或反对,就会陷入狂怒。"

　　"干得漂亮!"艾尔伯特嘟哝着,"几乎每个法国画家都符合你描述的这些个性,而且,他们全都对解剖学相当有研究。"

　　"你不也是吗,艾尔伯特?"赫伯特说,"我注意到你有很丰富的医学知识。"

　　艾尔伯特有些不快:"诚如你所言,我和夏洛克都上过一年的医学院,确切地说,我们就是那时候认识的!不过,我们最终都决定献身于音乐。你还想知道些什么,能人儿?"他气呼呼地举起了拳头。

　　凯厄斯憋了好大劲儿才没笑出来。

　　"二位淡定点儿,可以吗?"福尔摩斯转向赫伯特,问道,"凶手是用哪只

手写的字条呢？"

"右手。"赫伯特马上就把刚才的口角丢到脑后，顺着福尔摩斯的思路思考着，"他是想用右手来掩饰自己的笔迹。虽然写得够潦草，但如果和歌剧院里的每个人的笔迹进行比对，我还是能够认出来。"

福尔摩斯踱着步子，沉思着："不，赫伯特，那样太浪费时间了，而且我们很可能会找到两个嫌疑人。"他推理着，扬起了眉毛。

"两个？你这是什么意思？"凯厄斯说，"别卖关子了！"

"杀害格洛丽亚的和袭击你的不是同一个人，凯厄斯，不管面具后面的是谁，袭击你的人都不可能有什么解剖学知识。我亲自看过你的伤口，行凶的人确实是用的左手，但是伤口既浅又不规则。这说明他拿凶器的时候非常不自然，他并不是天生的左撇子，只是暂时不能用右手罢了，也许是受伤了，或是有什么疾病。当然，这也让他费了些劲才写好那封情书。"

"你的推理有问题，"赫伯特仔细分析着福尔摩斯的话，"我也看过凯厄斯的伤口，发现了同样的绿色黏土痕迹，但凶器却是用普通金属制成的，因为伤口附近有锈迹。"

"这恰恰证实了我的推论，这当中有两个行凶者。"

"什么？"凯厄斯皱着眉头，"两个热爱绿色黏土的凶手？"

"没错，在这中间，有一个危险的凶手，他已经得逞——杀害了格洛丽亚；而另一个，他藏在歌剧院之中，隐蔽在面具之后，目标是你——凯厄斯。"

"为什么是我？"凯厄斯郁闷极了，"我招他惹他啦？"

第十五章 镜　屋

　　歌剧院里突然传来一阵吵闹声。过长的幕间休息时间引起了大家的不满，达官显贵们所在的包厢里骚动起来，他们举着精致的望远镜，仔细地搜寻着舞台上的蛛丝马迹，池座的观众们也闹哄哄地议论起来。人人都盯着舞台上的帷幕，不知道那后面发生了什么神秘事件，让他们就这么等着。

　　推理暂时中断了，凯厄斯他们注意到，在乱作一团的后台，陷入绝望的导演索拉正向他们打着手势。他冲出混乱的人群，向着他们奔来，重重地撞到了赫伯特。

　　"索拉先生，到底出了什么事？"赫伯特大喊。

　　"先是玛格丽特！然后是指挥佩德罗！"索拉急得都要把头发扯下来了，"那个疯子，那个奸诈的玛格丽特！她听说她那个大款未婚夫——齐柏林伯爵准备回德国，就跟着一起走了！因为玛格丽特不愿放弃演员生涯，惹恼了齐柏林伯爵！"索拉满脸僵硬，手指冰凉，"现在，老天哪！我们的女主角！我为她做了一切，她却丢下我跑了！"

　　"佩德罗又是怎么回事？"

　　"不知道！玛格丽特一不见踪影，他就也没影儿了！我这是中了什么诅咒！他们怎么能这么对待我！"索拉哽咽难言地推了推眼镜，"叛徒！两个叛

徒！现在怎么办？外面都是观众，我该怎么办啊？这怎么演下去？观众们可正等着最后一幕呢！"他紧张地抓着外套，哆哆嗦嗦地掏出他的镀金烟盒，努力地想点根烟，却把所有的香烟撒了一地。

"一切都乱套了，完蛋了！我怎么没像我哥哥一样当个消防员呢！就算是去救火也比现在要安宁得多！"

"索拉先生，"艾尔伯特有点不好意思地说，"既然佩德罗不在，外面又都是观众，你看……"

"有什么就说吧，艾尔伯特先生。"索拉抽泣着。

"能否由我来代替他指挥？"

"什么？观众可不好糊弄啊！"

"艾尔伯特对乐谱非常熟悉，"福尔摩斯插嘴道，"他一定可以胜任的。再说，目前看来，你也没有别的选择。观众可等不了多久了。"

"这真是疯了！"索拉抓住艾尔伯特的领子，"好吧，你赢了。不过我警告你，要是给我出了一点儿错……"他松开手，拍掉艾尔伯特肩上的微尘，缓和了语气说，"至少，这总比观众把歌剧院毁了强。"

"你不会后悔的，我保证！"艾尔伯特举起胳膊，欢天喜地地跑去准备了。

索拉冲着舞台上的合唱演员喊道："快，克里斯汀，你得顶替玛格丽特！"

"我？"克里斯汀跳了下来，高兴地在导演的脸颊上吻了一下，"谢谢你！先生！这是我一直梦寐以求的！"

"你得偿所愿了，孩子。这是你的机会，要是你不能把握住，恐怕就连我自己也没有葬身之地了。"索拉说完就急急忙忙地走了。

克里斯汀激动得发抖，她吻了她的未婚夫，就跑向了玛格丽特的化妆室。

福尔摩斯转过身，看到赫伯特正陷入深思便问："怎么啦？"

"玛格丽特竟然在演出中途离开了，佩德罗也不见了……这真是太古怪了。她会不会是被绑架了？"

"是的，我也这么想。"凯厄斯赞同道，"她的行为很怪异。我看见她拿着一团纸走来走去的。"

"上帝啊！"赫伯特脱口而出，"又一张纸！福尔摩斯，那个姓名的缩写字母会不会是……"

"没错。'P.O.'应该就是指挥'佩德罗·奥尔特加'（Pedro Ortega）的缩写。我们都知道，佩德罗喜欢玛格丽特，但玛格丽特一直拒绝他的求婚。"

"天哪！万万没想到……"

他们正在讨论着案情，赫伯特却发现，侍女玛莎正站在走廊的尽头，怀里抱着一些白色的衣服。他走近了一些，看到玛莎把一个罐子掉到了地上，罐子里撒出了一点儿粉末。她马上捡起罐子，转身就不见了。赫伯特悄悄地跟上去，在罐子掉落的地方小心地捏起了那些粉末，用两根手指搓了搓。

"你找到了什么？"福尔摩斯走过来问。

赫伯特站起来，伸出他的手指，笑了。

"那种绿色黏土！"凯厄斯惊呼。

赫伯特示意他们保持安静，然后朝着玛莎离开的方向跟了上去。

玛莎没有发现什么异常，于是继续沿着走廊往前走。她走到暗影中的一扇门前，飞快地闪了进去。福尔摩斯紧皱眉头，因为那是歌剧院已经废弃了很久的地方，玛莎的行为令人费解。他走近那扇门，静静地听了一会儿，便向赫伯特和凯厄斯打手势，三个人也走了进去。

"不可思议！"赫伯特说，"这是什么？"

"这真是非常非常……漂亮……"凯厄斯说。

成千上万个凯厄斯、赫伯特和福尔摩斯围绕在他们周围，闪烁的幻影

令人头晕目眩。

这个房间里几乎没有任何装饰，只有数不清的镜子镶嵌在墙上和天花板上，反射出的人影经过一次次重复反射，就形成了千百个重叠的影像。当福尔摩斯提醒大伙儿他们的初衷时，镜子里赫伯特和凯厄斯的表情才恢复正常。

"玛莎呢？"

"她不见了，这是怎么做到的？"赫伯特说，"事情更神秘了，我们得找到她。"

"这里没有别的门和窗子，"凯厄斯检查了整间屋子，"镜子之间或者地板上一定有个秘密通道。"

"但通道在哪儿呢？"赫伯特环顾这六角形的屋子，它简直就像被施了光学魔法。"夏洛克，快看！"他突然睁大了眼睛喊道。

"什么？赫伯特，你发现什么了？"

"我刚才看见绿色的眼睛了！在镜子里！是那个幽灵！他就在这儿！"

"快！"凯厄斯颤抖起来，"我们得赶紧找到通道，抓住那个家伙！"

他说着就拍打起镜子来，试图找到秘密通道。赫伯特跺着脚，想看看有没有活动的地板，从而找到中空的地窖什么的。福尔摩斯却静静地站在屋子正中，从口袋里掏出烟斗点燃。他吸了几口，目不转睛地盯着天花板。

"你在看什么？"

"凯厄斯，重要的不是我在看什么，而是我没在看什么。"

"什么意思？"赫伯特努力想猜透福尔摩斯的话，"你没看的，是什么？"

这位未来的伟大侦探在这一刻尽显他的天分，他的脸上露出了胜利的微笑。原来，答案就在烟雾中，它们正在往右飘去。

"你在观察气流，对吧？"凯厄斯看见福尔摩斯肯定地眨了眨眼，"这真是太帅了！"

他们沿着烟雾移动的方向，找到了气流流动最快的地方，那是大门左侧的第三面镜子附近。

赫伯特费了半天劲儿也没能找到机关，凯厄斯则锲而不舍地检查着地面、家具、摆设，不放过任何一个有可能的地方。福尔摩斯走向桌边，在脏兮兮的桌布上摩挲着，把上面的灰尘聚成一小撮儿。

"既然进入了通道，她就一定会留下痕迹。"他把那些灰尘撒在镜子上，非常细微的指纹便显现了出来——在镜子边缘，一个伪装得很好的按钮暴露无遗。

赫伯特按下了那个按钮……

第十六章　神秘暗道

　　一大片阴暗的世界在他们面前展露开来，强烈的好奇心驱使着他们跳上楼梯，三步并作两步往下跑。凯厄斯和福尔摩斯用木头和旧衣服扎了个简易火把，他们逐渐看清了这个黑暗中的迷宫。福尔摩斯走在最前面，边走边用手试着去推两边的砖墙。未知让人心跳加速，他们的脑袋里充斥着各种可怕的想象。老鼠窸窸窣窣地作响，下水道的气味令人作呕，好像有什么东西会从黑暗中跳出来似的。过了一会儿，福尔摩斯和赫伯特都发现，他们正走在一个狭窄的圆形通道里。

　　"这是哪儿？"

　　"我们正位于歌剧院的地下通道中，凯厄斯，"福尔摩斯说，"这是巴黎公社时期用来把犯人押送到地下监狱的走道。"

　　"'巴黎公社'？那是什么？"

　　"那是一个建立在巴黎的革命政权。他们的理念虽然很不错，但可惜没能得到其他城市的响应。后来，军队开进巴黎，把这个政权废除了。"

　　"这可够糟的，不是吗？"

　　"你不了解，还有更糟的呢。巴黎公社被废除后还遭到了血腥清除。在那些可怕的日子里，大街上到处都是尸体，大约有两三万人因此丧命。侥幸

活下来的人也被驱逐出了巴黎,监狱里的犯人被迫去做苦力,不死也只剩半条命了。"

这时,赫伯特插嘴道:"有人说,那些被烧死的公社社员死不瞑目,他们不屈的灵魂一直在巴黎的黑暗中游荡。你觉得如何,凯厄斯?我们这会儿可正被成百上千个幽灵包围着呢。"

"唔,我只想知道,他们当中到底是哪一个想置我于死地。"

他们摸索着前进。这时,舞台上的灯光穿过缝隙,照射进来,还能听见工人们走来走去和忙着置换布景的声音。在有些剧目里,美丽的姑娘摇身一变成为女巫,就是通过那些喷雾营造效果的。这些机关安装在舞台下面,可以在瞬间就完成从小酒馆到群山、或是热情的西班牙老街区到竞技场的转换。伴随着布景转换,这些地下的探险家们听到了乐队的演奏。

"这是艾尔伯特作的那首曲子。"福尔摩斯马上听了出来。

"真怪了!"赫伯特说,"不是应该演奏《卡门》吗?"

"一定是出了什么意外,"福尔摩斯推断,"艾尔伯特是想多拖延些时间。"

乐音透过石缝,穿过空隙,每一个音符因为空间的共鸣都被放大了,这旋律使三名探险家冷静了下来,继续前行。

这里的黑暗、静默、孤寂几乎压倒了一切。远处的黑影摇摇曳曳,有些奇形怪状的"怪物"在燃着的气锅旁边挖掘着,似乎还有些"怪物"伸出爪子来帮忙。一个阴冷的声音响了起来,简直要把这已经足够吓人的气氛冻住了。他们努力想探察清楚前面的情况,赫伯特保持着镇静,想为这一切找出合理的解释。那些鬼影时隐时现,围绕着这些执着的探寻者们。他们沿着螺旋楼梯越来越深入,直到地面猛地一沉,福尔摩斯几乎摔了下去。

"夏洛克!"赫伯特紧紧抓住他的胳膊。

"我没事,"福尔摩斯举起火把,好看清楚点儿,"是口井。怪声音就是从

这儿发出来的。"

"看看它有多深。"赫伯特捡起一块小石子扔进井里,记下了石子落地的时间,"大约 2 秒。"接着,他用手指头在空气中画着,似乎在进行着某种神秘的计算,"如果忽略空气阻力,重力加速度以 10 m/s² 来计算的话,那么这个井大约有 20 米深。石子坠落到底部的最终速度是 20 m/s。"

"你是怎么知道的?"凯厄斯惊奇地问道。

"我应用了物理学中的自由落体定律。我真是聪明啊,对吧?"

"你扔了个石子就全都算出来啦?"

"物体自由下落的速度随着时间推移而增加,下落的距离和时间的平方成正比,这样我们就能计算出物体下落的距离(S)了:$S = V_0 t + \dfrac{at^2}{2}$。

"由于石子是自由落体,没有其他的助力,所以它开始下落时处于的初始速度(V_0)是 0。它的加速度——在这种情况下是重力加速度,为 9.80665 m/s²,约 10 m/s²。运用上面的公式,我们只要用重力加速度乘以下落时间的平方就能得出下落距离 S,也就是井的深度了:$S = 0 \cdot t + \dfrac{10t^2}{2} = 5t^2 = 5 \times 2^2 = 20$ 米。所以井的深度为 20 米。"

"那你是怎么知道石子落地时的速度呢?"凯厄斯问。

"由于重力加速度的作用,石子在下落的过程中一直获得速度,我们用这个公式来计算:$V = V_0 + at$。

"在自由落体运动中,初始速度是 0,所以要计算落地时的速度,只要用时间 2 秒乘以重力加速度 10 m/s² 即可:V=0 m/s+10 m/s²×2s=0 m/s+20 m/s =20 m/s。"

"初始速度总是 0 吗?"

"只有在我直接放手的时候才是 0。如果我用力把石子扔下去,就像打保龄球那样,让石子沿着地面滚动,那石子就接受了一个初始的力,也就有了初始的速度。那样的话,我还需要加上石子的初始速度,就可以算出石子落地时的速度了。"

"如果落体的重量不同呢?比如说,同样大小的铁球和海绵球,它们会同时落地吗?"

"会的,但这种情况有个条件,那就是没有空气阻力。在没有空气阻力时,你会发现,所有的物体,无论大小,都会以同样的加速度下落,这就叫作重力加速度。但如果考虑空气的阻力,那么铁球就会比海绵球先落地。"

凯厄斯看着深不见底的井,一脸的不可思议。

赫伯特抱肩而立,补充道:"要注意的是,空气阻力可以忽略不计,但如果有其他的阻力就得一起算上。说到这儿我想起来了,那个谜你解开了吗?"

"哪个?三个开关的灯泡?"

赫伯特点点头。

"我还没想出来。把开关都打开不就知道有没有电流了?"

"不,凯厄斯,用不着那么做。一道好的谜题,就像一起神秘的犯罪案件,看起来扑朔迷离,可是一旦知道了谜底,就会发现其实再简单不过了。再想想吧,应用你所知道的科学原理,想想灯泡的特性……一个好的侦探应该锲而不舍,你觉得呢?"

趁他们大聊特聊的时候,福尔摩斯已经仔细地观察了周围的环境。他向上举起火把,照亮秘道的顶部,发现在井的上方有个脚手架,上面缠绕着绳子。

"我走在最前面。"福尔摩斯说着,在绳子的一端绑上石头,坠下了井中。

三人攀着绳子向下爬,很快就发现了另一条隧道。可是没走几步,就有一个巨大的泛着灰色水波的湖横挡在面前,而在隧道的尽头,就是那幽灵

般的鬼魅声音响起的地方了。

凯厄斯发现湖边泊着一只小船，三人便跳了上去。福尔摩斯和赫伯特解开缆绳，划着桨，凯厄斯站在中间。正当他们划到湖的中间时，意想不到的事情发生了。好几个巨大的火球从头顶的黑影中猛地滚落，其中一个正砸在小船上。

"当心！"赫伯特躲向船头的一角。

火球落下后就消失得无影无踪，只能听到在距离小船有段距离的地方，重物狠狠坠入水中的声音。

"真是见鬼了！"赫伯特咒骂着，他意识到那些火球像被施了魔法似的不见了，"到底怎么回事儿？"

"离开这儿！"福尔摩斯下了命令，"快！"

"凯厄斯呢？"赫伯特一脸惊恐，"夏洛克，凯厄斯掉下去了！"

原来，火球掉下来的时候，凯厄斯被甩了出去。现在，他正漂在水上，离小船越来越远。福尔摩斯和赫伯特立即调转方向去救他。当他们靠近时，凯厄斯大喊着提醒他们注意背后的危险。

这次是赫伯特中了招。"什么鬼玩意！"他喊道，"这些都是无色的胶冻①！火球变成了胶冻！"

他们把凯厄斯从水里捞出来，福尔摩斯指挥大家，沿着湖岸，躲避着一波又一波的袭击，把船划向冒出火球的地方。好不容易弃船登岸，他们还是一路狂奔，直到令人惊异的一幕出现在面前。

"亏他想得出来！"赫伯特简直不敢相信自己的眼睛。

在隧道的尽头，堆满了稻草扎成的球。稻草球沿着一条倾斜的坡道，形成一道"瀑布"。据赫伯特分析，这些稻草球曾浸泡过高锰酸钾，当它们滚下

---

①指处于半固态的凝胶状物体，在物理学和化学上属于胶质形态的一种。

来时,又会沾上坡道上事先放好的甘油。这两种物质混合起来,再加上稻草球滚动时和坡道之间的摩擦力,就足以使稻草球燃烧起来。在坡道的尽头,有一个类似于弩弓的装置,配合着隧道顶壁上的金属抛靶器,可以将那些燃烧着的稻草球一个接一个地抛出去。稻草球慢慢燃烧殆尽,吸收的热量会使它们析出胶状物,变成一个个类似凝胶弹的东西。

赫伯特简直不敢相信有人能做出如此狡猾巧妙的机关。

"真是惊人啊!"凯厄斯说。

"确实!"赫伯特用外套擦了擦那些残留的胶状物,"我们的幽灵可是相当有创造力的,而且非常了解物理和化学知识。这种化学反应可是致命的!"

"我不这么想。"福尔摩斯评论道。

"是吗?"赫伯特说,"他差点儿要了我们的命。"

"我看未必。不管他到底是谁,他只是想阻挡那些胆敢跟踪他的人。如果你仔细观察,就会发现,虽然船一直在动,但那些火球发起攻击时,与船的距离总是一样的。"

"我希望这是最后一关,"赫伯特说,"这幽灵真是太疯狂了。"

"我看他只不过是害怕面对我们,"凯厄斯生气地说,"那家伙什么时候才能不躲着咱们?这地方恶心死了!"

这时,他们突然听见前方的隧道里响起了一阵脚步声。凯厄斯的心一下子狂跳起来,嗓子眼儿也直发干,他不知道会看到什么。

门开了,一道强光射向他们,但很快,一个披着黑色斗篷的身影破光而出。

他穿着一身黑衣,带着绿色面具,一双红色的眼睛闪闪发光。他一步步走近,停在了凯厄斯的面前。凯厄斯呆住了,他浑身僵硬,动也不能动,连大气儿都不敢喘。突然,黑衣人伸出他那畸形的手,用尽全力给了凯厄斯一

巴掌。

　　这一下倒让凯厄斯回过神来,他二话不说,愤怒地扑了过去,狠狠地把黑衣人压倒在地。福尔摩斯和赫伯特赶忙跑过去把两人分开,他们拉开了凯厄斯,那黑衣人从地上爬了起来。

　　"放开我!"凯厄斯挣扎着,"我受够这幽灵了!把你的面具拿开!你这个懦夫!"

　　凯厄斯又踢又踹,福尔摩斯和赫伯特一个抓不住,他就又扑过去和黑衣人扭打起来。他俩抱在一起,在地上滚来滚去。凯厄斯的下巴上挨了一拳,但很快就在对方肚子上进行了反击,让黑衣人痛得够呛。终于,黑衣人的面具被一下子掀开了。

第十七章 撕下面具

打斗一下子停了下来，那张用红色玻璃镶嵌成眼睛的面具躺在地上，他们被所看到的一切惊呆了。那是一张被毁容的脸：没有嘴唇的嘴巴；断掉的鼻子；乱七八糟的牙齿；皮肤脱落了，露出一块块伤痕；两只歪掉的眼睛被手遮住了；其中一只手上满是烧伤的疤痕，亮晶晶的，另一只手的手指全都挤在一起——他看起来真的像一个"鬼"。

赫伯特看出了他的痛苦和紧张，便走近想安慰他。但黑衣人向后退了好几步。

凯厄斯还趴在地上，却早就把愤怒抛在脑后了，他有点儿尴尬地问："呃，你到底是谁啊？"

黑衣人的喉咙里咕噜作响。

"冷静点儿，"赫伯特说，"我们只是想帮助你。你能讲话吗？"

"别碰他！"大门处的光勾勒出一个女人的轮廓，她身旁站着一条黑色的大狗，冲着这些闯入者狂吠。

那个女人轻轻地调整了一下三脚架上的一面小镜子，使它形成特别的角度，折射着屋子里的光。其他的镜子经过精心摆放，构成了一种多米诺骨牌般的结构，光被重复折射，最后汇聚在一起，刹那间使黑暗的隧道里充满了彩色的光芒。

那些可怕的"怪物"现在被光照亮，现出了原形。原来，它们只是歌剧演出时使用的木头人偶，被放在推车上，沿着窄小的轨道移动。一根从管风琴上拆下来的金属管为这个地下世界送来空气，也是因为它，才有了那些吓人的怪声。

那个女人的身影也随之"现出原形"了。

"玛莎夫人！"赫伯特马上认了出来。

"你们在这儿干什么？"她用身体护着在地上蜷缩着的黑衣人，怒吼着，"离开这儿！通通给我从这儿滚出去！"

"请冷静点儿，夫人，"福尔摩斯说道，"我们到这儿来是调查格洛丽亚的案子……"

"出去！这不关他的事！我知道你们在想什么。"玛莎紧紧抱住黑衣人，"可怜的格洛丽亚不是他杀的，他什么事都没做过！"

"什么都没做过？拜托！"凯厄斯说，"你这话什么意思？那我呢？他可是连续三次都想置我于死地！"

"三次？"凯厄斯脱口而出的话令赫伯特很奇怪，"一次是被狗咬，一次是被匕首刺伤，还有哪一次？"

"没有，别提这个了。"凯厄斯不敢看朋友们的眼睛。

"都是你的错，"玛莎盯着凯厄斯，继续说，"你惹恼了他！"

"我的错？怎么可能是我的错？我根本不知道他是谁！"

"你的出现令他恼火，自从你出现在芭蕾舞排练室之后，他就陷入了疯狂。是你把事情弄得更糟的，一切都是你的错！"

"亲爱的夫人，"赫伯特插嘴道，"这孩子到底哪儿做得不对？"

"哪儿都不对！"

"你疯了吧？"凯厄斯看着地上的黑衣人，此时他已又戴上了面具，"这

人到底是谁？是你的儿子还是什么人？"

"是的，埃里克就像我的儿子一样。"

"埃里克……他的名字是埃里克？"福尔摩斯紧皱眉头说，"这是他加入马戏团时魔术师起的名字。"

"魔术师？马戏团？"凯厄斯晃着脑袋，好像能晃出什么结果似的。

玛莎紧紧拉住埃里克的手，开始讲述他们的故事："当时我正和马戏团一起，在德累斯顿①巡演。在路上，我们发现了一个男孩，他衣衫褴褛地躺在路边，失去了意识。看到他的脸的时候，我们都吓坏了。有的人根本不敢靠近，怕他有什么恶疾在身。但魔术师扎尔多——也就是我们的老板，认为这孩子需要照顾，制止了大家的纷纷议论，决定把他带回我们的大篷车。这已经是很久之前的事了。"

"然后呢？"福尔摩斯问。

"扎尔多让我和我丈夫卡洛斯照顾这孩子，过了好一段时间，他才痊愈。埃里克从没有说出过一个单词，他只能从喉咙里发出一点儿含混不清的声音。当时，魔术师扎尔多想教他手语，不过没什么效果，埃里克比画出的'话'都很奇怪。"玛莎沉浸在回忆中，抚摸着坐在她旁边的大狗。

"所有人都觉得扎尔多是白费力气，但他毫不介意。他教埃里克纸牌魔术，教他怎样使用那些镜子……埃里克渐渐忘记了他那些奇怪的故事，也接受了我们给他取的名字。他很喜欢魔术，于是开始学习钻研。后来，他甚至可以独自登台演出了，几个月后就成了马戏团的招牌明星，这让扎尔多大赚一笔。埃里克一直戴着面具，遮住他脸上的疤痕。只有在扮演恶魔的时候，他才会摘掉面具，观众和埃里克自己都会信以为真。人人都喜欢他，他也像个伟大的演员一样，期待着掌声。他几乎忘记了自己的不幸，一切都向

_____
①德累斯顿是德国萨克森州的首府，德国东部重要的文化、政治和经济中心，又被称为"易北河上的佛罗伦萨"。

着好的方向发展，直到有一天……

"贪婪越来越无法控制，一个人竟可以变得面目全非！扎尔多开始折磨埃里克，像对待动物那样对待他。他太残忍了，没有良心，甚至在晚上给埃里克戴上镣铐！看着埃里克那样真是太让人难过了。我和卡洛斯仍然照看着他，渐渐成了他仅有的朋友。他开始讲述遇见我们之前的事，然后让我们用另一个名字叫他，尽管他说他没有权利用那个名字，因为拥有那个名字的另一个人还活着……在那以后，埃里克就彻底崩溃了。"

"他让你们叫他'凯厄斯·奇普'，对吧？"福尔摩斯说。

玛莎强忍住眼泪，只是点了点头。

福尔摩斯走近她，确认道："所以那天在化妆间，凯厄斯告诉你他的名字时，你才会如此震惊。"

"我懂了！"赫伯特跳出来说道，"凯厄斯，原来他就是你说的那个'克隆人'！"

"不……天哪！"凯厄斯几乎喘不过气来了，"这就是说，他从那些蓝色云雾中掉下去的时候，没有摔死！"

那条黑狗又冲着凯厄斯狂吠起来，这时，他注意到它的项圈上刻着"图潘"。

"怎么了？你也疯了吗？"玛莎惊讶地说。

赫伯特兴奋不已，他努力理清自己的思路，对凯厄斯说："克隆人掉进了其他的时间和空间，所以从时间上来说，他比你来到这儿还要早很多。同一个人的身体，是不可能同时出现在不同时空的。就这一点，塞尚已经纠结了一辈子，他坚持要一笔画出两个不同的角度。克隆人的身体和脸都被扭曲了，这是时空挤压的缘故。如果不是他的这趟旅行及时结束，他可能早就因为这种挤压送命了。"

"一言以蔽之，真是坏消息！"凯厄斯跟和自己一样的那个克隆人，倒吸

了一口凉气，"除了时空的挤压，他不可能被扭曲成这样！"

"如果他回到原来的时空，能恢复原样吗？"

"我不知道，"凯厄斯说，"因为有一个难题无法解决。据我所知，他恐怕会困在这个时空了。"他对着另一个自己——克隆人解释道，"时间机器是和我联系在一起的，或者说，是和与我年纪一样的'凯厄斯'联系在一起的。现在，埃里克已经长大了很多，无法和我一起在时间中旅行了。他唯一的机会是另一架时间机器——由他所在的那个未来的人们造出的时间机器。我不知道他们会不会明白这事儿，也不知道这究竟能有多大用处。"

"我看不行，"赫伯特说，"这种联系一旦建立，他们就得把你也带走，至少是带走这个克隆人。"

"啊——"戴着面具的埃里克嘶吼起来，用愤怒的眼睛盯着赫伯特。

"好了好了，乖孩子，冷静冷静，"玛莎把他抱得更紧了，她转向赫伯特说，"别那么叫他，赫伯特先生！你看不出他很痛苦吗？"

"非常抱歉！"赫伯特说，"我无意冒犯你，埃里克先生。这一切都令我感同身受。一个男孩被束缚在这黑暗的地下隧道里，与世隔绝，在你之上就是歌剧院，但人们却对你一无所知！老天哪！我真无法想象被世界遗弃的滋味！"

"我还有事情没弄清楚，"福尔摩斯对玛莎说，"既然你们是随着马戏团巡演，又是怎么来到歌剧院的？一定是发生了什么可怕的事，让你们不得不离开，我猜对了吗？"

"我想那是上天的旨意吧，不过我也不确定……"玛莎有些怀疑地看着凯厄斯和赫伯特，但当她发现福尔摩斯天生的洞察力时，便深吸了一口气，开始解释说，"有天晚上，我回到我们的大篷车。我听到兽笼那里有声音，像是被捂住嘴而发出的尖叫声，或是恐惧的哭喊声。于是我踮起脚往里看，结果看见……"她停下来，抽泣着，"我这辈子绝不想看到的一幕。那个男人，他杀了……我看见那个女孩死了，躺在地上，就在我面前！扎尔多正拿刀刺向她……我吓傻了，张着嘴站在那儿。她……我认识那女孩！该死的扎尔多！他还曾写情诗给她！谁会这样对待自己的爱人！"

"然后呢？"福尔摩斯问，"你报警了吗？"

"没有，我也不知道为什么。我唯一记得的就是我害怕极了，转身就跑，撞倒了两个水桶。"玛莎泪流满面，好像重新回到了那恐怖的一夜，"他差点儿就发现我了。他用那双残忍的眼睛往我这边儿看，不过我藏起来了。当他环顾左右的时候，手里还拿着沾满了血的刀子……我没命似的逃走了。要是被他抓住……天哪！"

她停了一会儿，脸上满是惊恐。她更紧地搂住埃里克的肩膀，深深地吸了口气，才继续说道："我逃走的时候，被铁丝网割伤了。"她抬起下巴，那儿确实有一道小小的伤疤，"那个魔鬼！如果我说出去，他一定也会杀了我的！太恐怖了，我几乎能感觉到他的刀子顶在我的喉咙上！"她的气息急促起来，"当我回到大篷车的时候，我的丈夫卡洛斯正在那里。我无法对他隐藏什么，就说出了一切。我想离开，我们不能再待在那儿了。警察……就算我最终报了警，他们会相信我吗？他们会把扎尔多逮起来吗？我会怎么样？埃里克会怎么样？"

玛莎抽泣着擦掉眼泪，继续说："我只是个小小的舞蹈演员，卡洛斯也只是一个乐手。镇子里的人会唾骂我们，把我们赶走。他们一向视马戏团为麻烦的来源。我知道这太懦弱了，可我真的太害怕了！我又能怎么办呢？我们决定逃走。卡洛斯和我收拾起行李，头也不回地走了。可是，在经过兽笼时，我们听到了埃里克嘶吼的声音……他多可怜啊！我们不能把他丢下，扎尔多也许也会杀了他的！于是我们就那样离开了，不知道要去哪儿，也不知道未来会怎样，直到我们来到了这儿——巴黎。卡洛斯发现了这些废弃的隧道，它们曾是巴黎公社时期的遗存，对于埃里克来说，这儿是最好不过的

藏身之所了。"

"很快我就受雇成了一名侍女,卡洛斯当了灯光师。我们慢慢地在这儿安了家。埃里克有时会沿着隧道跑出去,吓唬那些歌剧院里的人。"玛莎微笑地看着那双面具后面的眼睛,此刻,它们竟变得如此温和。"埃里克就这样成了人们传说中的幽灵。我本以为,在这里藏身了二十年,应该可以摆脱扎尔多的阴影了。但是,那天我一看到格洛丽亚的尸体,我就知道,平静的生活到此为止了。扎尔多,那个魔鬼……他就在这儿!"玛莎又激动地说。

"你怎么能这么肯定,就是扎尔多杀了格洛丽亚呢?"凯厄斯问。

"我当然知道。"玛莎紧紧抿住颤抖的嘴唇,"我无意中听见了玛格丽特念的那首诗,我当时就知道,那种不知所云的诗句只能是他写的。这和他写给之前被他杀害的那个姑娘的诗一样,写的都是他想象出来的婚约,还有那枚戒指……我觉得这诗里一定另有玄机!"

"另有玄机?"赫伯特问。

"我也不太确定。那个疯子喜欢用他想象中新娘的名字来写诗。"

"真的?不会就这么简单吧?"福尔摩斯拿过赫伯特找到的那些字条,仔细寻找其中暗含的名字。他将每一句诗的首字母拼在一起,那就是真正的受害人的名字。突然,他睁大了眼睛:"不!不是!克里斯汀!他追踪的是克里斯汀!"

"冷静点儿,夏洛克,"赫伯特安慰道,"克里斯汀现在很安全,他无法在众目睽睽之下接近她。"

"他长什么样子?"福尔摩斯焦急地问,"玛莎,告诉我,扎尔多是什么模样?"

"这只是徒劳。"一个灰头发的男子沿着隧道向他们走来。

"卡洛斯!"玛莎扶着埃里克站了起来。

"她帮不了你们,"卡洛斯拥住玛莎和埃里克,"作为才华横溢的魔术师，扎尔多最拿手的就是伪装。他常常在逃脱魔术中用这一招。当观众们都紧盯着箱子时，扎尔多已经从特殊通道溜走了。他伪装成别人，混在观众里，然后再一下子跳出来，营造那种神奇的效果。"

卡洛斯走近福尔摩斯说："当我意识到扎尔多就在这里时，我就一直试图跟踪他，但从没有成功过。那位魔术师的伪装术太高明了，我比任何人都想抓住他。"

"我比任何人都希望他能放过我们。"玛莎仍然紧紧抱着埃里克。

"这不可能！"福尔摩斯叫道，"一定有办法！一定有某个细节能认出他！"

"那非常困难。扎尔多甚至能伪装成女人。"

第十八章　最后一搏

　　歌剧中西班牙曲风的旋律响了起来，合唱演员们营造出斗牛场的气氛，孩子们用他们的声音描绘着斗牛士步入其中的场景。

　　舞台上公牛和斗牛士的脚步声奔腾而过，如同就在头顶，这让隧道里侧耳倾听的凯厄斯和朋友们感到危机四伏。

　　斗牛士埃斯卡米罗唱起来了，他的歌声诉说着对卡门的倾慕之情。

　　当回答斗牛士的女声响起来时，福尔摩斯震惊不已。

　　"那不是克里斯汀的声音啊！她去哪儿了？"赫伯特也听出来了，他惊恐道，"不！夏洛克！这不可能！"

　　斗牛士和唐·何塞的歌声一同回荡在舞台上，警示着卡门。唐·何塞现在是个危险人物，因为他已经完全被忌妒之心俘虏，他一步步地靠近卡门。

　　克里斯汀危在旦夕，福尔摩斯一把抓住卡洛斯的衬衣领子："看在老天的分上，快告诉我从这儿怎么到化妆室！"

　　卡洛斯指了指一间用歌剧道具装饰起来的小屋子，那里有一扇门，连接着暗道。福尔摩斯推开卡洛斯，不顾一切地冲了进去。

　　埃斯卡米罗的拥护者们合唱着走上了舞台。

　　凯厄斯和赫伯特紧随其后。

唐·何塞正向卡门请求重新开始他们的感情。

音乐的旋律骤然紧张起来,好像在催促着地面之下的三个人再快一点儿。

卡门和苦恋着她的情人争执不休。

卡门唱道:"我们之间的一切皆已结束。"

唐·何塞不甘心地回复道:"卡门,我们还有时间。"

福尔摩斯知道这已是最后一章。舞台上布景间的缝隙透出一丝光亮,洒进隧道之中。他迎着光斑像闪电般冲了过去。

唐·何塞绝望地喊道:"我要救出你,也解脱我自己。"

凯厄斯和赫伯特紧紧地跟着福尔摩斯,但还是被他落下了,转向了一条错误的岔路。

舞台之上的声音越来越剑拔弩张了。

卡门坚定地吼道:"我知道你想要我的命,但我可不会向你投降!"

音乐随着吉卜赛女郎的这决定猛地暴烈起来。

卡门又道:"为何对已不属于你的心苦苦纠缠?"

二重唱继续着,争吵也继续着。

唐·何塞鼓起勇气问道:"难道你不再爱我了吗?"

音乐声推起了悬念的高潮。

唐·何塞重复道:"难道你不再爱我了吗?"

卡门斩钉截铁地回应:"不!我已不再爱你!"

音乐的旋律急转直下,卡门应声倒地。

就在这千钧一发的时刻,福尔摩斯穿过重重隧道,出现在化妆室外的走廊上。他毫不客气地推开所有挡在前面的人。

凯厄斯和赫伯特从另一个出口钻出来时,刚好碰见了走廊上的另一群人,他们只好放弃了化妆室,转而往后台跑去。

在舞台上,那位伤心的爱人正乞求着卡门的原谅,他匍匐在她脚边,周

围萦绕着小提琴演奏出的痛苦绝望的旋律。

卡门将他推开，高声喊着："我生来自由，死也要死得自由！"

唐·何塞的独唱冲口而出，节拍如他的心一般荒芜。

舞台四周响起了尖叫声和混乱的掌声，合唱大肆地渲染着埃斯卡米罗的胜利，乐队的音乐也配合着这戏剧性的一幕。卡门转身离开，但唐·何塞紧紧地抓住了她。

被无情拒绝的唐·何塞陷入了疯狂，他暴怒地脱口而出："如果我以性命相逼，你就不会离开！你爱他吗？"

卡门却坚持道："我爱他，即使面临死亡！即使要我再说一遍，我爱他！"

唐·何塞把卡门推倒在地，拳脚相加。他唱道："以圣徒之名，说你不会离开！"

卡门的选择却没有改变："要么杀了我，要么放了我。"

凯厄斯和赫伯特费力地穿过不明就里的人群，他们看见扮演唐·何塞的男中音乔瓦尼正愤怒地拽住跟跟跄跄的卡门——瓦尔基里扮演的卡门。

这时，小提琴的旋律将他们的争执推向了高潮。合唱演员赞美着埃斯卡米罗的胜利，唐·何塞想拉走卡门，但卡门挣脱了，愤怒地摘下戒指。音乐烘托着气氛，唐·何塞心碎不已，因为那定情的戒指承载着他纯粹的情意，但此刻却被无情的卡门随意丢弃。

小提琴合奏描绘出最后一幕。

卡门被唐·何塞用刀刺中了，她看着伤口，看着那个折磨她的人，最终带着将死的痛苦神情倒地了。

整个乐队奏响了哀婉的旋律。

唐·何塞用嘶哑的声音承认了自己的罪行："逮捕我吧，我就是凶手，我杀了我的爱人——卡门。"

他跪在她身旁，痛哭不已。

最后一个悲哀的音符停止了，帷幕落下来，终结了整个悲剧。

第十九章 卡门之死

雷鸣般的掌声响彻了歌剧院,人们庆祝着首演的巨大成功。充当指挥的艾尔伯特牵着瓦尔基里从帷幕后走了出来。和歌剧一样,瓦尔基里也被如此多的观众认可,这使她激动不已。演员们慢慢走到舞台上谢幕,帷幕重新拉开。

当所有人的注意力都集中在歌剧首演的成功上时,凯厄斯和赫伯特好不容易才穿过彼此祝贺的人们,来到玛格丽特的化妆室门前。

凯厄斯打开门,身后鼓掌的那些人也随之拥了进来,但很快就变成了一片死寂。他们简直不敢相信眼前看到的一切。

很多得到消息的演职人员已经聚集到了这里,他们摘下帽子放在胸前,以示敬意。导演索拉脸色苍白,震惊不已,很多芭蕾舞者捂住了脸。玛戈特伏在一个合唱演员的肩膀上哭泣着。所有人都一动不动地肃立着,不敢看屋子中间那真实的悲剧一幕。

克里斯汀倒在地上,面容沉静得像一个睡着的天使,一朵黄玫瑰放在她的胸前,伤口一片殷红,浸染了她的礼服——卡门的衣裙。福尔摩斯跪在她身旁,绝望地质问上苍为何要夺走他的挚爱。他的双手被血染红了,却积压着复仇的怒火。

赫伯特走向他的朋友,在打翻的茶杯旁边捡起一张字条。他看了上面的字,愤怒地把纸条揉成一团,丢在地上。索拉走过去捡起字条,颤抖着看着纸上的内容。

　　　　　水晶,为何拒绝我的爱意?

　　　　　难道我没付出最圣洁的所有?

　　　　　愤怒耗尽了我的爱意,

　　　　　你本应接受我的心意,

　　　　　只需拒绝那闹剧般的婚约。

　　　　　现在你是我的了,

　　　　　我的首席,我已无法再原谅你。

　　　　　没人能阻止我,

　　　　　我已出卖灵魂,

　　　　　命运本该如此。

　　　　　可怜的姑娘,你永远都是我的,

　　　　　现在你终于可以上天堂了。

P.O.

"我晚了一步!"福尔摩斯大叫着,他冲向窗户,爬了上去,"为什么?为什么是克里斯汀?"

"不!"赫伯特大喊,他跑过去拦住了想要结束自己生命的福尔摩斯,"你疯了!别这样!"

朋友们把他死死地压在地上,直到他用尽力气,动弹不得,却依然震惊、悲痛,仿佛世界上再没什么能把他拉回来似的。所有人都感同身受,悲伤不已,他们期待着能从福尔摩斯空洞的眼睛里重新看到生命的活力。

赫伯特绝望地抓住他的肩膀,用力地摇晃着:"老天!夏洛克!如果你这样下去,那个歌剧院的恶魔就会逃之夭夭!拜托!福尔摩斯!还击啊!你不

能让悔恨毁了你！"

一阵寂静之后，福尔摩斯望着他的朋友，像是刚刚从死亡中活过来一般，他用平静的声音说道："你是对的，赫伯特，无法修正错误，才是悔恨应该存在的唯一理由。"他的眼神冷静坚硬，但脸上却满是泪水。

他慢慢地站起来，捡起那朵花，轻轻地抚摸着，直到每片花瓣都沾上了他手上的鲜血。他说："我的生命，不论还余下多少，将全部献给这永远无法改正的错误。美好的音乐、我的画家朋友们、写作、爱情……都将彻底从我生命中剔除。"

福尔摩斯攥紧了那朵染血的玫瑰，看着它在自己指间萎蔫。他走向镜子，把花瓣扔向镜子中的人——因心碎而心冷坚强的自己。他咬着牙说："我会追踪那个人，直到末路，我发誓。我会尽己所能，学习一切能将他绳之以法的知识。如果我做不到，那么我发誓我将以自己的余生对抗犯罪，用我所有的力量解决那些警察解决不了的案件。"

他转过身，看着心上人的尸体，忧郁地叹息："他们不能保护克里斯汀，我也不能保护她……但我一定能保护其他无辜的人。给我的最好的报酬，就是让罪犯血债血偿。是的，我会抓住他们，但绝不会坠入亲手审判和裁决的桎梏，就交给别人去诉诸法律，而我，我发誓，我发誓我将投入我余下的生命去揭露所有罪犯邪恶的真面目。"

福尔摩斯俯身拥住克里斯汀的尸体，无声地流着眼泪。"但现在，"他说，"我需要终结这悲伤和痛苦，把它们从我生命中彻底抹去，忘了这一切。克里斯汀，我的爱人！我将再也不会有第二个爱人，第二个克里斯汀！"

这个时候，艾尔伯特正在走廊里，他不知道后台到底为何如此混乱，但感觉到一定发生了什么糟糕的事。当他终于从那些热情祝贺的观众中脱身之后，他便信步走到化妆室的门口。眼前的一切令他头晕目眩，不能自已地痛哭起来。

第二十章　惊人的真相

　　汽笛响了，烟囱里冒出的白烟笼罩着车站，搬运行李的人走向火车。

　　赫伯特和凯厄斯站在站台上，看着车厢里的人做好了启程的准备。福尔摩斯站在窗边，艾尔伯特和玛莎忙着放好行李。凯厄斯的克隆人——埃里克，隐藏在他的斗篷后面，忧郁地朝着站台上的朋友们挥挥手。

　　"这趟旅行会使夏洛克'重生'，"赫伯特一只手搭在凯厄斯肩上，"我则指望着用科学帮助那个男孩'重生'。"

　　"你确信这个医生会让福尔摩斯忘记一切吗？"

　　"不，我只希望他能从痛苦中学到些什么。我听说维也纳医生是沙赫特的学生，他从他的老师那学到一种新的疗法，可以用催眠来帮助人从重大打击中恢复。虽然这疗法仍有争议，很多医生都不赞同，但歌剧院的奥特拉兹医生向我保证说，西格蒙德·弗洛伊德医生认可这一疗法。可惜奥特拉兹医生不得不去伦敦，没法陪夏洛克一起去。皇家医师的邀请是不能拒绝的，你说呢？"

　　"我只希望能和他们一起去。"

　　"凯厄斯，我们说过这个问题了。夏洛克必须擦去和你相遇的这段记忆，这对他和你来说，都有好处。他必须离开巴黎。我们的指挥家邀请他

做他和玛格丽特婚礼的伴郎，这让他心烦意乱。佩德罗怎么能这么没心没肺？"

"可是他确实需要帮助。"

"你就别担心了，凯厄斯。艾尔伯特会一直陪着他的，直到疗程结束，他才会去意大利。索拉导演竟然帮艾尔伯特申请到了与德彪西一样的进修奖学金，这真是太棒了。"赫伯特按着凯厄斯的肩膀说，"朋友们都各有归宿了，我们也得静下心来研究下那些理论了，你意下如何？当然，如果你心爱的芭蕾舞娘玛戈特不介意的话。话说，她去哪儿了？"

"她在排练，不过我晚些时候会去见她。"

"啊，年轻人，生活待你们多轻松惬意啊！"

"我不觉得我的生活有多么轻松，玛戈特的生活也一点儿不惬意。"

"也许你说得对，但至少，你拥有世界上最珍贵的东西——宝贵的时间。"

"时间！你倒是再说一遍啊！我可一点儿也不觉得时间在我掌控之中！你呢，赫伯特？你干吗像个老人一样老气横秋的？"

"好吧，可能我还不老，虽然之前的 19 年已经重负累累。"

"我知道你的意思，当个时间旅行者一点儿也不轻松，我永远不知道那个倒霉机器会把我弄到哪儿去！这次，会更难……"

"因为玛戈特。"赫伯特同情地看着他。

"简直烦死了！"凯厄斯甩着手，"我不想离开玛戈特……她很优秀……可是，我也想再见到我的朋友们，还有我的狗狗图潘。它总是在我回家时撒欢儿，摇着尾巴，想要玩球儿……我甚至想念我妈的唠叨！为什么事情会搞得这么让人难受呢？"

"是啊，"赫伯特再次把手按在凯厄斯的肩上，轻轻地说，"是我搞错了。你比任何人都能更真切地体会到时间的重负。"他把手伸向天空，深深呼

吸,说道,"去喝一杯吧!不想做时间的俘虏,只有把自己灌醉!这就是秘诀所在!为了忘记时间强加在你肩上的重担,在美酒中,在诗歌中,在一切美好事物中沉醉吧!"

"真不错!我还不知道你有诗人的潜力!"

"要是有就好了!这些非凡的诗句出自波德莱尔。他曾受人诟病,多年痛苦挣扎之后,在生命尾声才大放异彩。唉,亲爱的凯厄斯,人的命运就是一场挑战。"

"是啊,"凯厄斯点点头,"也是谜题。"

"说到这儿我想起来了,那个关于灯泡的谜你解开了吗?"

"解开了,"凯厄斯咧开嘴一笑,"你说得对,我之前想得太复杂了。"

"那么你的答案是什么?"

"灯泡。"

"你的意思是?"

"你提示我应该从灯泡的构成和质地入手,所以,灯泡会闪光发亮,但也会在长时间点亮之后发热,对吧?"

"所以呢?"

"我把第一个开关打开一段时间,然后关上;同时打开第二个开关,然后打开门。如果灯泡亮了,那么第二个开关就是对的。如果灯泡不亮,我就去摸摸它。如果它是热的,那么第一个开关就是对的;如果它不热,那么就只能是第三个开关了。"

"聪明!你真是像灯泡一样灵光!太棒了!虽然花了点儿时间,但你还是解开了。"赫伯特都快把凯厄斯的肩膀搂断了,"我真希望你能一直待在我家,那真是蓬荜生辉啊!"

"我不想。为什么另一个凯厄斯可以跟他们一起去?"

"别吃醋了行不?那个男孩也需要治疗,医生会帮他解决自我认知问题的。他挺聪明的，从他的信里就能看出来……"赫伯特从他的口袋里掏出一堆纸条，"噢，真蠢！"

"怎么了？"

"我忘了把医生的地址交给艾尔伯特了。你待在这儿，我马上回来。"

汽笛声最后一次响起，催促着仍在站台上的旅客。赫伯特慌忙跑向福尔摩斯他们所在的车厢，没注意到自己的口袋破了，一路掉出好多硬币和碎纸片什么的。凯厄斯乐不可支，跟在他后面，把那些东西捡了起来。他好奇地看着那些纸条，立刻就认出那些团成一团的纸条是歌剧院凶手写的情书。

这是他第一次真正地看到这些字句。他的目光停留在其中沾着血迹的一张纸条上面——正是那封信，让福尔摩斯意识到其中的"水晶""光芒"等字眼，指的是他的未婚妻克里斯汀。

凯厄斯盯着那些潦草的字迹和歪歪扭扭的签名——那个首字母缩写"P.O."。他不知道这张纸条究竟是哪儿吸引了他。他又看了一遍纸条，死死盯着那个签名。突然，他的脸僵住了。

他看着那个字母"P"的笔画，飞快地把口袋里的东西一股脑儿掏出来，放在帽子里。当他的手触到口袋最里面的一张叠起来的纸的时候，他小心地把它拿出来，免得撕坏。他把纸条打开，怀疑得到证实的感觉让他惊恐不已。凯厄斯揭开了凶手的真面目，那个名字就在他的手里。那张纸条，是凯厄斯被埃里克袭击刺伤后，医生给他写的用药说明。上面的字迹果断而流畅，在信头下面，是一名医生负责任的签名：巴甫洛夫·奥特拉兹(Pavlov Odraz)。尽管和那封情书上的字迹非常不同，但字母"P"和"O"的写法是一样的。

凯厄斯简直不能相信自己的眼睛：那个缩写不是指"歌剧院幽灵"(Phantom of the Opera)，他们都错了。

"巴甫洛夫·奥特拉兹！"他叫道，"奥特拉兹？为什么是这么个名字？"凯厄斯把注意力集中到这个名字上，想象着它映在镜子里的样子，当字母"Odraz"从后往前排列，他屏住了呼吸，"扎尔多（Zardo）！他就是那个魔术师！"

凯厄斯重新读了那些诗句，罪行背后的原因渐渐从字里行间显现了出来。像拼图那样，他一点点地回忆起了那些细节。

玛格丽特一度失声，那是由于错误的诊断所致，这一结果的受益者是奥特拉兹的意中人——他所倾心的女首席——克里斯汀。

当奥特拉兹听到克里斯汀婚期已定的消息时，愤怒的他将诊疗箱打翻在地上时，这让他差点儿露馅。当他发觉戒指被玛格丽特错拿了，他几乎失去了控制。当他目睹福尔摩斯一吻定情，克里斯汀即将成为福尔摩斯太太时，他一定是使出了超人的力量才勉强压下了黑暗的一面。

答案就在这些诗句里，在那特殊的一刻，解谜的钥匙装进了凯厄斯的百慕大短裤口袋里。

凯厄斯蹭了蹭他的伤口，手指上沾着的是最后一个证据：膏药上的绿色黏土。它曾和凶手的匕首一起出现了很多次。

火车喷着烟雾，沉重地开动了。模糊的景象渐渐清晰了，凯厄斯回过神来，毫无困难地还原了那最后一幕。

声音和影像更加清晰，克里斯汀的面容浮现出来。她美丽的笑容，在打开门的一刻颤抖起来。阴影闪进了化妆室，她关上门，掩饰着紧张，沉着地为他倒了杯茶。他喝了几口，把杯子和他沉甸甸的、黑色的诊疗箱放在桌子上。克里斯汀在镜子前面做着准备，她重新涂上唇膏，整理了项链。她冲着镜子里的自己微笑——那是身着礼服、准备参加斗牛盛会的卡门。然而，她黑色的眼睛却从镜子里看到了什么东西在她的头顶上反光。她像蝴蝶般转身，转向那闪光……她停住了，瞬间明白了，震惊，恐惧……双手来不及反

抗，她已无处可逃。凶手刺了一刀又一刀……

血一滴接一滴地落在地毯上。那个疯狂的男人溜走了，还带着他的诊疗箱——也许是另一宗谋杀案的最佳伴侣。这宗恐怖谋杀案的唯一见证——茶杯，翻倒在地。冷酷的凶手只丢下了一朵黄玫瑰，也许还曾丢下了一点儿为这疯狂爱情流下的眼泪。玫瑰留在已失去生命的克里斯汀胸前，浸染在一片血色之中。

还有一双发誓对抗所有残忍犯罪的手，也曾抚摸过这朵玫瑰。

曾经充满光明和欢笑的化妆室，如今黑暗阴冷。死一般寂静如同榨干最后一口呼吸，这坟墓里的一切都已随风而逝。

凯厄斯将思绪拉了回来，意识到……那些蓝色的云雾又出现了，将他带往下一段旅程。